講談社文庫

比叡山《ひえいざん》の鬼

公家武者 信平《のぶひら》(三)

佐々木裕一

JN210270

講談社

目次

『公家武者 信平』の 主な登場人物

◉鷹司《たかつかさ》松平《まつだいら》信平《のぶひら》
家光《いえみつ》の正室・鷹司孝子《たかこ》（後の本理院《ほんりいん》）の弟。
姉を頼り江戸にくだり
武家となる。

◉松姫《まつひめ》
徳川《とくがわ》頼宣《よりのぶ》の娘。将軍・家綱《いえつな》の命で
信平に嫁ぎ、福千代を生む。

◉福千代《ふくちよ》

◉五味《ごみ》正三《しょうぞう》
北町奉行所与力。
ある事件を通じ信平と知り合い、
身分を超えた友となる。

◉江島佐吉《えじまさきち》　強い相手を求め「四谷の弁慶」なる辻斬りをしていたが、信平に敗れ家臣になる。

◉千下頼母《せんげたのも》　病弱な兄を思い、家に残る決意をした旗本次男。信平に魅せられ家臣に。

◉鈴蔵《りんぞう》　馬の所有権をめぐり信平と出会い、家来となる。忍びの心得を持つ。

◉お初《はつ》
老中・阿部豊後守忠秋《あべぶんごのかみただあき》の命により、信平に監視役として遣わされた「くのいち」。のちに信平の家来となる。

◉葉山善衛門《はやまぜんえもん》
家督を譲った後も家光に仕えていた旗本。家光の命により信平に仕える。

◉道謙《どうけん》　京都に住む剣の師匠。帝の縁者でありながら、隠棲生活を送っている。

◉加茂光音《かもみつね》　京都祇園の陰陽師・加茂光行《みつゆき》の孫娘。優れた能力を持つ。

イラスト・Minoru

比叡山の鬼――公家武者 信平《のぶひら》(三)

第一話　比叡山《ひえいざん》の鬼

一

月明かりが届く小路に、人が現れた。
石薬師《いしやくし》御門の警衛が、向かってくるその者に、いぶかしげな眼差《まなざ》しを向ける。
月明かりがあっても、顔までは見えない。ただ、腰に大小を帯びているのは分かる。
真夜中の石薬師御門に近づくのは、曲者《くせもの》。
警衛は、左に立つ同輩に顔を向けた。
同輩も顔を向け、顎《あご》を引く。

眼差しを小路に戻し、六尺棒をにぎる手に力を込める。

まっすぐ歩み寄る者の顔が見えた時、警衛は、その美しさに息を呑んだ。そして言う。

「止まれ」

「ここから先に、用はあるまい」

曲者は立ち止まった。

髪を引き結んだ曲者が、男とも女とも分からぬ美しい顔に微笑を浮かべる。

警衛は、怪《あや》しく異様な姿に恐怖を抱き、六尺棒をにぎる手に汗をかく。

曲者が、一歩出た。

「来るな！」

恐れて六尺棒を向けた刹那、半分から先が斬り飛ばされた。

抜く手も見せぬ抜刀術に、警衛が声を失い、尻もちをつく。

左の警衛が目を見張り、襲撃を知らせるために叫ぼうとしたが、曲者が振るった刀に額を打たれ、声もなく気絶して倒れた。

腰を抜かしている警衛が、目の前に切っ先を突きつけられ、きつく瞼《まぶた》を閉じる。

「これより、朝姫《あさひめ》をもらい受けにまいる」

男の言葉に驚いた警衛は、大声を出そうとしたが、頭を峰打ちされて気絶した。

脇門から入った男は、大路を音もなく走る。公家《くげ》の屋敷《やしき》が並ぶ大路から小路に曲がり、やがてたどり着いたのは、禁裏《きんり》の東側にある、とある屋敷が見える場所だ。

月光《げっこう》に浮かぶ唐門は、夜通し警衛が守っている。曲者は裏手に回り、路地を音もなく進む。気配を殺して裏門を守る警衛に迫るや、抜刀して振るった。

抗《あらが》う間もなく峰打ちされた警衛二人が、折り重なるように倒れた。

男は脇門を押して中に忍び込み、檜皮葺《ひわだぶき》の屋根を見上げた。そして敷地《しきち》内を走り、裏庭から濡《ぬ》れ縁《えん》に上がると、暗い廊下の奥に消えた。

その先にある部屋に入って間もなく出てきた男は、白い肌着の朝姫を担いでいる。

気を失っている朝姫を担いで小路に出た男は、夜道を走り、石薬師御門へ戻っていく。

倒れている警衛を横目に脇門から出ると、大路を走り去った。

町中を抜け、鴨川《かもがわ》を川上に向かい、橋を渡っていた男は、行く手に立つ人に気付き、立ち止まった。その者もこちらに気付き、歩みを進めてくる。

「何者だ」

男が警戒して問うや、

「それは、わしが訊《き》くことじゃ」

問い返された。

声は老人だが、ただならぬ気配。

男は朝姫を下ろし、近づく者に鋭い眼差しを向ける。

「邪魔をするな」

「悪さをする者を、見逃すわけにはいかぬな」

月明かりで見えたのは、黄土色の小道服《こどうぶく》に指貫《さしぬき》姿の、老翁だ。

腰に刀を帯びる怪しい老翁は、寸分の隙もない。

男が睨《にら》む。

「待ち伏せていたのか」

「ある者が、京に鬼が出ると予言しおったので、夜な夜な見回っていたのじゃ。姿は美しいが、中身は鬼か」

「ふん。よう分かったことよ」

男は鯉口《こいぐち》を切った。

「邪魔をするなら斬る」

「さて、お前にできるかのう」

応じた老翁が小道服の袖を振るって右足を引き、低く身構える。

男が猛然と出た。

速い。

だが、抜刀術で振るわれた一撃を、老翁は右に身体《からだ》を転じてかわす。

男が追い、二の太刀で斬りかかる。

驚くべき跳躍で飛びすさった老翁は、欄干の下で気を失っている女を守り、男に対《たい》峙《じ》した。

「朝姫を攫《さら》うとは、大胆な奴《やつ》じゃ」

男が睨む。

「姫の顔を知るお前は、何者だ」

「刀を引けば、教えてやろう」

「ふん。どうでもよい」

言葉を吐き捨てた男の顔つきが変わった。

月光に映える表情は、美しい。

一拍の間をおき、男が猛然と出る。

振るわれた刀を老翁がかわし、男の背中を斬った。

だが、手応えはない。

見えていたはずの背中が消えたその刹那、老翁の腕に激痛がはしった。

「むう」

右腕を押さえつつ飛びすさる老翁の目前に、美しい顔が迫る。

微笑を浮かべた男に腹を蹴られた老翁は、欄干から飛ばされ、暗い鴨川に落ちた。

飛沫《しぶき》の音が川の流れる音に消えると、男は朝姫を担ぎ、ふと、気配に顔を向ける。

一匹の狐《きつね》が座り、男を見つめている。

「お前も来い」

そう言ってきびすを返した男が、橋を渡っていく。

狐は後を追い、夜の闇に見えなくなった。

二

寛文《かんぶん》九年（一六六九年）霜月――。

この日、江戸の朝は冷え込んでいたが、昼前になると雲一つない空が広がり、寒さもゆるんだ。

信平《のぶひら》は、松姫《まつひめ》と福千代《ふくちよ》を連れて赤坂の屋敷を出かけ、吹上《ふきあげ》に暮らす姉を訪ねた。

本理院《ほんりいん》は、信平と松姫のあいだで頭を下げてあいさつをした福千代に微笑《ほほえ》み、声をかけた。

「しばらく見ないうちに、大きくなりましたね。福千代は、学問と剣術、どちらが好きですか」

福千代は松姫を見上げた。

松姫が優しい顔を向ける。

「どちらですか？」

母に言われて、福千代は本理院に答えた。

「学問が、好きです」

自信なさそうに語尾をすぼめる福千代に、本理院が身を乗り出して、訊く顔をする。

「まことですか？」

「読み物は、好きです」

「そう。どのような読み物が好きなのですか」

「今は、弟に桃太郎を読んで聞かせています」

「弟?」

驚く本理院に、松姫が慌てた。

「兄弟のように過ごしている家来の子供のことです。まだ字が読めませぬので、この子が読んで聞かせているのです」

「ほっほっほ、そうですか。福千代は優しい子ですね。桃太郎はおもしろいですか」

「はい」

「ほかには何を学んでいるのです。そろそろ、算用をはじめましたか」

福千代は眼差しを下げた。

「あら、算用はきらいですか」

「あまり好きではありません」

「どうしてです?」

「算用よりも剣術の稽古をしたいと申しましても、じいが応じてくれませんので」

松姫がまた慌てた。

「福千代、そのように申してはなりませぬ」

「でもぉ……」

うつむく福千代に、本理院が微笑む。

「剣術も好きなのですか」

福千代は、目を輝かせた。

「はい！」

本理院は、いたずらっぽい顔で訊く。

「桃太郎のように、なりたいのですね」

福千代は背筋を伸ばしてうなずく。

「早く強くなり、父上がお留守の時は、母上をお守りしとうございます」

「まあ、頼もしいこと。立派な心構えです」

本理院に褒められて、福千代は嬉《うれ》しそうな笑みを浮かべた。

本理院が、信平に眼差しを向ける。

「子は親の背中を見ています。しっかりお励みなさい」

信平が顎を引き、両手をつく。

「今日は、上洛《じょうらく》のご報告にまいりました。上様の命により、明くる正月二日に参内いたします」

本理院は優しい顔でうなずいた。

「上様から聞いています。大役をおおせつかり、何かと忙しい時だというに、よう来てくれました。京で暮らしていた頃のことを昨日のように思うこともありますが、鷹《たか》司家《つかさけ》は甥《おい》の教平《のりひら》殿が身罷《みまか》られ、又甥の房輔《ふさすけ》殿の代となられていますので、今や、わたくしが知るお方がいません。時が過ぎゆくことは、福千代の成長の喜びと裏腹に、寂しいことでもあるのだと、ふと思うことがあります」

「気弱なことを申されますな」

本理院は笑みを浮かべた。

「ところで、房輔殿とお会いしたことはあるのですか」

信平は顎を引く。

「関白《かんぱく》様とは、四年前に教平様をお訪ねした折に」

「そうですか」

「正月の参内では、関白様にお力添えをしていただくことになっています」

本理院がうなずく。

「房輔殿は又甥とはいえ、そなたと一つしか歳《とし》が違わないので、話が合いましょう」

「気さくで、愉快なお方です」

「そうですか。そなたは幼い頃不遇でしたが、今こうして、鷹司家の者と関わりを持つことを、わたくしは嬉しく思います」

「それもこれも、旗本に引き立ててくださった家光《いえみつ》公と、本理院様のおかげです」

「そなたが、民のために励んでまいったことが、実を結んだのです。松殿のおかげでもあるのですよ。ねえ、松殿」

「わたくしなどは……」

「何を言うのです。そなたがいてこその、信平殿です。そうでしょう」

眼差しを向けられて、信平は笑みでうなずく。

「京へは、いつ発《た》つのです」

「師走の十二日に発ちまする」

福千代が信平を見上げ、寂しそうな顔でうつむく。

それを見た本理院が、

「福千代、寂しいのですか」

訊くと、顔を上げた福千代が、こくりとうなずいた。

本理院が言う。

「父上は、お正月が過ぎればすぐに戻られますから、少しの辛抱です。強くなるには、辛抱するのも大事なことです。よいですね」

「はい」

元気に返事をする福千代。

本理院は松姫と笑い合い、信平に眼差しを向ける。

「高家《こうけ》ともなれば、勅使御馳走役《ちょくしごちそう》の指南をしなければならぬので、戻っても忙しい日が続きますね」

「そのお役目は、共に上洛される五色兵部《ごしきひょうぶ》殿に決まりました。帝《みかど》のお召し出しにより参内するのみですので、高家は名ばかり。戻れば、これといったお役目はないのです」

「御馳走役に粗相があれば、指南役の責めも問われると思い案じていましたので、何もないと知り、安心しました」

信平は、苦笑いをした。

本理院がくすりと笑う。

「これはいらぬことを言いました」

「いえ」

「福千代、父上がお戻りになれば、しっかり遊んでもらいなさい」

「はい」

福千代がまた、元気に返事をしたので、本理院はそれに合わせて大きくうなずき、控えている者に茶菓の支度をさせた。

それからは、四人で楽しいひと時を過ごし、暗くなる前に赤坂の屋敷へ戻った。

支度に忙しかったが、何ごともなく日が過ぎ、師走の十二日が来た。

出立の時、玄関に出た信平の前に五味正三《ごみしようぞう》が現れた。見送りに間に合ったと笑いつつ、寂しげに言う。

「供ができぬのが、まことに残念至極。京の道謙《どうけん》様に、よろしく伝えてくれ」

「分かった」

「奥方様と若君のことは、それがしがお初《はつ》殿とお守りするので心配ないぞ。ねえ、お初殿」

おかめ顔を向ける五味を無視したお初は、信平に言う。

「奥方様と若君は、残る者皆で力を合わせてお守りいたしますので、ご安心を」

「頼む」

信平は、松姫の横にいる福千代に眼差しを向ける。

「福千代、母と家を頼んだぞ」

福千代は元気にはいと応じて、佐吉《さきち》の息子仙太郎《せんたろう》の手を引き、信平のそばに来た。

「道中、お気をつけくださいい」

「お気をつけください！」

二人で稽古をしたのか、子供が揃《そろ》って頭を下げる姿には、行列の者たちから温かな笑いが起こった。

佐吉が仙太郎の頭をなでてやり、列に戻った。

善衛門《ぜんえもん》が福千代と仙太郎を下がらせ、信平に心配顔を向ける。

「殿、京では、お気を許されませぬように」

「ふむ」

「旨《うま》い酒を支度して、待っておりますぞ」

笑みでうなずいた信平は、松姫と眼差しを交わし、公儀が差し向けた漆塗りの乗り物に収まった。

佐吉が出立の声をあげ、露払いを先頭に、行列が動き出す。

五色兵部と合流するため江戸城に向かい、そこで隊列を改められ、上洛の旅がはじまった。

将軍の使者として上洛する信平と兵部の行列は、幕府の威厳を示すために人馬も多数揃えられ、東海道では、行く先々で人々の注目を浴びた。

道中は足止めをされることなく進むことができたのだが、人数が多い分、行列はゆっくりとした足取りになる。それゆえ、信平が京に到着したのは師走の二十八日だった。

信平と兵部は、揃って所司代屋敷に入り、牧野《まきの》親成《ちかしげ》に替わって所司代になっていた板倉重矩《いたくらしげのり》と対面した。

板倉は、老中から所司代に転任した異例の人物で、朝廷と幕府の関係改善に奔走し、その成果を出していた。

また、重なる凶作などで京に稼ぎの場を求めて来た者たちが仕事にあぶれ、無宿人となることが増えていたのだが、悪事に手を染める前に仕事を与え、または救済をするなどして治安の悪化を防ぐことにも尽力し、温厚な性格とその政治力は、京の民からの信頼を揺るぎなきものにしている。

兵部とは親しい仲らしく、

「今年も、ようまいられた」

笑みを交わしていたが、信平に向けられた眼差しは、いささか違っていた。

緊張した面持ちの板倉は、終始神妙な態度で接し、兵部を所司代屋敷に逗留《とうりゅう》させるのに対し、信平には、

「何せ、手狭ゆえ、別に屋敷をご用意いたした」

と述べ、家来に命じて案内させた。

連れて行かれた屋敷は鴨川のほとりにあり、九条《くじょう》家、鷹司家など公家の別邸を対岸に見ることができた。

案内の者が帰ると、頼母《たのも》はさっそく、不服を漏らす。

「遠ざけられたようで、癪《しゃく》に障ります」

すると佐吉が、鴨川が見える縁側に立ち、大きく息を吸って吐いた。

「わしは、そうは思わぬ。この優雅な景色を見よ。殿にはこちらのほうがお似合いだ。所司代殿は、何度も京の災いを救われている殿に気をつかわれ、このような屋敷を空けて待っておられたに違いない。殿、川風が少々冷たいですが、気持ちよいですぞ」

「ふむ」

信平は立ち上がり、縁側に出た。

佐吉が下がり、場を譲る。

川には鴨が泳ぎ、水の音が気持ちを落ち着かせてくれる。

「京の景色は、やはり江戸とは違う。できうるなら、松と福千代にも見せたいものだ。佐吉も、国代《くによ》と仙太郎に見せたいだろう」

「はい。旨そうな鴨も泳いでおりますし」

眼差しを向けると、佐吉は額に手を当ててひさしを作り、川を見ていた。

信平は微笑む。

「鴨か……」

「はい。鴨は今、いい具合に脂がのっていますので、焼いて塩で食すもよし、濃い出汁《だし》に入れて、そばと共に食べるのもよし。考えただけで、たまりません」

縁側で控えている鈴蔵《りんぞう》が、獲《と》ってきましょうかと言ったので、佐吉はその気になった。

「おお、殿に食べていただきたい。行ってくれるか」

頼母が慌てた。

「おやめください」

佐吉が振り向く。

「なぜだ。獲ってはならぬという御触《おふ》れが出たのか？」

「田舎の川ならいざしらず。ここは京の町中です。鴨を狙う者はどこにも見当たりません。いやいたとしても、われらは高家であらせられる信平様の家来。鴨を獲るところを見られて田舎者と笑われるは殿の恥。高家の家中である自覚をお持ちください」

佐吉が苦笑いをする。

「なんだかおぬし、ご老体（善衛門）に似てきたな」

頼母は不服そうな顔をしたが、すぐに真顔に戻り、信平に眼差しを向ける。

「屋敷で下働きをする者たちにも、自覚を持つよう言い聞かせます」

「そう堅苦しくせずともよい。皆、座ってくれ」

信平に言われて、頼母は部屋に入り、正座した。

佐吉と鈴蔵が座るのを待ち、信平が口を開く。

「所司代殿が、何かを隠しておられる気がする」

頼母が真顔を向ける。

「殿には参内のお役目があります。今はお控えください」

信平は笑みを浮かべた。

「分かっている。ただ、気になっただけじゃ」

佐吉が訊く。

「殿がそう思われたということは、所司代様を憂えさせる何かが起きているのでしょうか」

「分からぬ。だが、麿《まろ》をこの地へ離されたのは、おそらく気づかいではあるまい」

佐吉が顎を引く。

「もしや所司代様は、殿が事件に巻き込まれてはいけぬと配慮され、この地へ離されたのでしょうか」

「かもしれぬ」

信平の言葉を受けて、頼母が言う。

「では、町中を出歩かぬほうがよろしいかと。せめて、参内までは」

「ふむ。しかし、明日は関白様にあいさつをしにまいる。屋敷に籠もるのは、それからだ」

「鷹司邸はお近くですが、油断は禁物。道中で事件に巻き込まれぬよう、乗り物をお使いください」

「仰々しい行列はいらぬ」

「そうはまいりませぬ。殿は、上様のお使者でございます」

「ふむ。では、明日はそういたそう」

信平は、所司代のことが気になったが、ぐっとこらえて、その日は大人しく過ごした。

そして翌日、鷹司家に赴いた信平は、関白房輔に手厚くもてなされた。

朱塗りの反橋《そりばし》が渡された池のある、美しい庭を見つつ通されたのは、関白が待つ寝殿だ。

顔を見るなり、房輔は立ち上がって出迎えた。

「信平殿、ようまいられた。ささ、これへ座ってくだされ」

一畳の畳に敷かれた褥《しとね》を示した房輔は、鷹司家の者として対等な付き合いを示したいのか、同じく一畳の畳に敷かれた褥に座り、信平と対面した。

堅苦しいあいさつは抜きだと言うと、廊下に懸盤《かけばん》を持った家来が現れ、信平と房輔の前に料理を並べた。

続いて瓶子《へいし》を持った女人が現れ、お歯黒を見せて笑みを浮かべ、信平に酒をすすめる。

杯で受けた信平は、房輔と顔を合わせ、口に運んで飲み干す。

房輔も飲み干し、

「旨い」

気さくに言い、笑みを向ける。

「帝が、信平殿と会う日を心待ちにしておられますぞ」

「それは、おそれおおいことです」

房輔が女人を下がらせ、自ら酒をすすめる。

「ところで、道謙様とはもう……」

「いえ、参内の後で、年賀のあいさつに行こうかと」

「そうですか」

一瞬だけ房輔の顔が曇ったのを、信平は見逃さない。

「いかがされました」

「いや、お年がお年だけに、息災にしておられるかと気になりました」

「師匠のことですから、気ままに暮らしておられましょう」

「ふむ」

房輔は、笑みを浮かべた。

信平は酒を注ぎ、居住まいを正す。

「関白様、何とぞ、参内のご指南を賜りとうございます」

「お任せください。二日までには、覚えていただきます。今日はゆるりとして、明日からはじめましょう。通っていただきますが、よろしいですか」

町中を歩くことになるが、信平は頭を下げた。

「むろんでございます」

「ささ、料理にも箸をおつけください。今の時期は、鴨が美味《びみ》ですよ」

房輔が三の膳を示してすすめたので、信平は可笑《おか》しくなった。

思い出し笑いは無礼なのでぐっとこらえ、箸を取って口に運ぶ。

細かくむしって盛り合わせてある鴨肉は、程よい塩味で、噛《か》めば噛むほど、いい味となる。

「旨い」

「ようございました」

房輔が笑みで、酒をすすめた。

応じた信平は、しばし房輔と歓談をして、暗くなる前に屋敷へ帰った。そして次の日からは、房輔の手が空いている刻限に合わせて通い、禁裏での作法などを学んだ。

そのあいだも信平は、所司代のことが気になっていたのだが、京の町は静かで、何ごともなく、正月の二日を迎えた。

「無事この日を迎えられて、ようございました」

頼母が支度を手伝いながら言うので、信平は微笑んだ。

佐吉が言う。

「迎えが待っておりますので、お急ぎを」

「ふむ」

信平は応じて、外に出た。

手間だが、一旦所司代屋敷に向かい、そこで五色兵部と使者の行列を整えると、仰々しく京の町を進み、禁裏に入った。

官位が従四位《じゅしい》の信平は、黒袍《くろほう》の束帯《そくたい》で正装し、五位の兵部は、浅緋袍《あさあけほう》の束帯で、帝の前に揃って座り、平伏《ひれふ》した。

兵部が将軍家からの言葉を代弁し、儀式は厳かに進む。

そのあいだ、信平は一言も発することなく、房輔に教わったとおり失礼のないよう務めた。

兵部が代弁を終えると、帝がねぎらいの言葉をかけた。

帝は次に、房輔を呼んだ。

応じた房輔が近づき、帝の言葉を聞くや、信平に顔を向ける。

「鷹司松平左近衛少将《まつだいらさこんえのしょうしょう》殿、帝がお許しです。お寄りください」

あいさつの言葉を申し述べた兵部の横で、終始平伏していた信平は、思わぬことに驚いたが、顔を上げることなく、膝を進めるしぐさだけをして、平伏したままだ。

そんな信平に、霊元天皇《れいげん》が直《じか》に声をかけた。

「そなたには、これまで幾度となく京を救われました。鷹司家に生まれながら、徳川将軍家の直参として励むそなたのことは、わたしの耳にも届いています。将軍家と朝廷との縁《えにし》を深めるために、これからも励みなさい。さらなる活躍を、期待します」

「はは」

信平は平伏したまま答えた。

横にいる兵部にも、はるばるご苦労だった、と、声をかけられたが、それだけだった。

ゆえに兵部は、信平に嫉妬の眼差しを向けた。

無事に年賀の儀式を終えて戻る時、兵部は信平を呼び止め、こう言った。

「いやぁ、何ごともなく終えることができ、ようございました。次は勅使をお迎えする支度で忙しいですが、まあ、信平殿は江戸に戻られてもすることがござるまいから、故郷でゆるりとされるのがよろしかろう。では、これにて」

皮肉めいた言葉を投げ、嘲笑に見える顔で頭を下げた兵部が、高笑いで去っていく。

信平は涼しい顔で見送り、鴨川の屋敷へ帰ったのだが、正月参賀の儀式をすべて終えた翌日、思わぬ知らせが届く。

兵部は二日後に京を発つ予定を早め、幕府の行列を連れて江戸に引き上げてしまったのだ。

使者が届けた文には、

（お暇な鷹司殿は、京でゆるりとされるがよい）

との一文が記されていた。

頼母は文を見るなり、信じがたい所業だと、珍しく声を荒らげた。

だが信平は、飄々《ひょうひょう》としている。

「麿は元より、帰路を共にする気はなかったゆえ、これでよい」

「しかし……」

「よいのだ。上様からは、ゆっくりして戻ることを許されている。さっそく、師匠に新年のごあいさつに行こうと思う」

頼母は承知した。

「では、お支度を」

「殿、お供しますぞ」

佐吉が言ったが、大勢で行くのはかえって迷惑と思い、

「鈴蔵のみを連れてまいる。そなたらは休み、土産でも求めてくるがよい」

そう告げて、江戸から持参した深川海苔《ふかがわのり》や佃煮《つくだに》の土産に加え、京で求めた絹の反物などの品を携えて、屋敷を出た。

三

師匠道謙は、下鴨村《しもがもむら》の照円寺《しょうえんじ》裏にある藁《わら》ぶきの家に、孫ほども年が離れた妻のおとみと暮らしている。

道謙は齢《よわい》を重ね、もはや仙人のような姿になっているだろうと想像しつつ、照円寺の手前を曲がり、土塀を左手に見つつ歩んでいると、梅花《ばいか》の香りがしてきた。

土塀の上に眼差しを向けると、白い花を満開にしている。

鶯《うぐいす》が蜜を求めて枝に止まる姿は、一幅の絵のようだ。

その枝の下を進み、寺の裏に回る。程なく、藁ぶきの一軒家が見えた。

「懐かしゅうございます」

土産を入れた挟箱《はさみばこ》を担いでいる鈴蔵が言うのに顔を向けて顎を引き、前を向く。

先に走った鈴蔵が家の戸口に立ち、

「ごめんください！　鈴蔵でございます。信平様が新年のごあいさつにまいりました」

訪《おとな》う鈴蔵の背後に信平が立った時、丁度、戸が開いた。

顔を出したおとみが、信平を見るなり、気持ちが高ぶった様子で口に手を当て、目に涙を浮かべた。

尋常でない様子のおとみに、信平が歩み寄る。

「いかがされた。師匠に何かあったのですか」

おとみは手の甲を鼻に当ててすすり、目を閉じて気持ちを落ち着かせ、

「すみません。つい」

信平と目を合わせた。

聞けば、道謙が何者かに斬られ、一時生死をさまよい、今も床に臥《ふ》せていると言うではないか。

「あの師匠が……」

信平は信じられぬ思いで言葉を失い、動揺した。

おとみが場を空ける。

「どうぞお上がりください」

「はい」

信平は土間に入り、おとみの案内で寝間に向かった。

襖《ふすま》を開けてくれたおとみに頭を下げた信平は、鈴蔵を次の間に待たせ、静かに足を踏み入れた。まず信平の目に入ったのは、床に横たわる師匠の老いた顔だ。その枕元に座っていた二人が、揃って顔を向けた。祇園社《ぎおんしや》の裏に屋敷を構えている陰陽師《おんみようじ》・加茂《かも》光行《みつゆき》と、その孫・光音《みつね》だ。

狩衣《かりぎぬ》を着た光行の横で、黒地に白い梅の花が雅《みやび》な着物姿の光音が、信平を見て嬉しそうな顔をした。

光行が、満足げな顔を道謙に向けた。

「どうじゃ。孫の勝ちじゃよ道謙殿」

ぱちりと目を開けた道謙が、むくりと起き上がり、信平を見据えた。

信平が座って頭を下げる頭上に、

「よう来た。待っておったぞ」

やや、力のない声がする。

信平は顔を上げた。

「おとみ殿から聞きました。お加減はいかがですか」

道謙は顎を引き、一つ息を吐いた。

おとみが慌てた様子で道謙に近寄り、肩に羽織《はおり》をかけながら言う。

「お怪我《けが》をされて二月《ふたつき》になりますが、今初めて、こうして身体を起こされました」

「弟子の声が聞こえたものでな。もう会えぬと思うていた。光音は大人になり、力が増しておるわい」

意味が分からぬ信平は、かっかと笑う道謙を横目に、不思議そうな顔を光音に向けた。

笑みを浮かべる光音は、道謙が言うとおり大人びている。

どういうことか訊くと、光音が笑顔で答えた。

「今日信平様がこちらにまいられるのが見えましたので、道謙様にお報《しら》せに上がっていました」

「見えた……」

「はい」

「麿の姿が、見えたのか」

「はっきりと見えるのではなく、感じるのです」

驚きを隠せずにいると、光行が口を挟んだ。

「わしの孫だけのことはあろう。不思議な力を持っておる」

光音が慌てる。

「すべてのことが感じられるわけではございません」

光行は不服そうな顔を向けた。

「そのように謙遜せずともよい。先日も、お前が言うとおりになったではないか」

「でもお爺様《じい》……」

光行が光音の背中を軽くたたき、信平に言う。

「自慢の孫じゃ」

信平は笑みでうなずき、光音に眼差しを向ける。

「まことに、頼もしい大人になられた」

光音はちらと目を合わせ、まだまだです、と言って、首を振った。

道謙が光音に言う。

「光音、優れた心眼《しんがん》で、弟子を助けてやってくれ」

「はい」

道謙は、斬られた右腕を気にした。

おとみが気づかう。

「痛みますか」

道謙は微笑んで首を横に振り、信平に顔を向けた。

「傷は浅いが、この歳だ。治りが悪い」

言う端から、光行が付け足す。

「おまけに、霜月の冷たい川に落ちたせいで風邪をこじらせ、三途《さんず》の川《かわ》を渡りかけた。花畑を見たそうじゃぞ」

「まことですか」

訊く信平に、道謙がうなずく。

「見たこともない、美しい景色じゃった。天女に招かれたので渡ろうとしたのじゃが、首を絞められての。誰かと思い振り向けば、可愛《かわい》い女房の頬が焼餅のごとく膨れておったので、慌てふためいたところで目がさめたのじゃ。のう、おとみや」

道謙に手をにぎられたおとみは、嬉し涙を流した。

「あれからずっと苦しんでおられたのに、こうして起きられてよかった。信平様のおかげですよう」

「うむ。そうじゃの。皆に、酒の支度をしてやってくれ」

「はい」

「いや、お気づかいなく」

断る信平に、道謙が顔を向ける。

「まあそう言うな。話もある。おとみ」

「お待ちください。すぐに支度してきます」

おとみは笑顔で立ち上がり、寝間から出た。

次の間で控えていた鈴蔵が、これは殿からです、と言い、荷を解いている。

「まあ、こんなに。わあ、この絹の反物、上品で美しいですね」

おとみが喜び、信平に礼を言って頭を下げた。

「これ、早《はよ》う」

急《せ》かす道謙に、はいはい、と応じたおとみが襖を閉めると、道謙は、厳しい眼差しを信平に向ける。

おとみに聞かせたくないのだと察した信平は、膝を進めて近づき、訊いた。

「誰に斬られたのですか」

「鬼の子じゃ」

「鬼の子……」

道謙が険しい顔で顎を引く。

「あれは、昔わしが倒した剣鬼《けんき》、綾辻萬斎《あやつじまんさい》の生き写しであった。まだ人を殺《あや》めてはおらぬようじゃが、先で道を間違えれば、人を斬ることを喜びとする魔物になろう」

信平は胸のうちで驚いていた。道謙が手傷を負ったところを見たのは、初めてだからだ。

「それほどに、強いのですか」

「強い」

「そのような者と、何ゆえ剣を交えたのですか」

「わたしのせいなのです」

光音が沈んだ声で言い、うつむいた。

光行が口を挟む。

「一年前から、京に鬼が出ると予言しておったのだ。まさか信平殿が来る前に、このようなことになろうとは。正月を待たず呼ぶべきだったな、道謙」

今の言葉に、信平は、法皇（後水尾天皇《ごみずのおてんのう》）の叔父である道謙に眼差しを向けた。

「もしや、わたしを召し出すよう、帝に頼まれましたか」

道謙は指先でこめかみをかいた。

「わしではない。法皇様じゃ。鬼が出ることを憂い、帝にお前を呼ぶよう命じられたのだ。まあ、法皇様に光音の予言を教えたのはわしゆえ、同じことか。ともかく、帝は前からお前に会いたがっておられたので、二つ返事で応じられたそうじゃ」

そういうことだったのかと思い、信平は道謙を見つめた。

「何ゆえ、お待ちくださらなかったのです」

「決まっておる。来るより先に、鬼が出たからじゃ」

「鬼の子と申されましたが、綾辻萬斎の子ですか」

「あれは、萬斎の子ではあるまい。歳が合わぬ」

まだ二十歳にもならぬ若者と聞き、信平はうなずく。

道謙が厳しい眼差しを向けた。

「鬼の子と申したは、萬斎と同じ斬岩剣《ざんがんけん》を遣いよったからじゃ」

「聞かぬ名です」

「禁裏に残る伝説では、古《いにしえ》の京に出没した鬼を一太刀で斬ったという伝説の剣士が遣う剣術じゃった。長らく継承者は不明であったが、わしが倒した萬斎が、斬岩剣を名乗っておった」

戦いの時に萬斎が真っ二つに斬ったという岩が、決闘の場となった鴨川の河原にあるという。

その萬斎の生まれ変わりともいえるほどの相手に、道謙は敗れたのだ。

信平は訊いた。

「萬斎の敵と、お命を狙ってきたのですか」

道謙は顔をしかめ、首を横に振った。

「この年寄りの命が狙われるより、よほど厄介なことが起きておる」

ため息を吐き、考える顔をしてその先を言わない道謙に、信平が言う。

「所司代殿が、何か隠しておられるご様子でした。わたしにも、言えぬことですか」

すると道謙が、厳しい眼差しを向けた。

「お前にしか、頼めぬことよ」

信平は即答する。

「なんなりと、お申しつけください」

道謙が顎を引く。

「京に現れた鬼の狙いは、わしの命ではなく、朝宮であった」

「宮様……」

「さよう。大胆にも門を破り、御所の誰にも気付かれることなく攫って行きよった。

密使が申すには、朝宮の寝所にただ一枚置かれていた紙に、朝姫は左門《さもん》がもらいうける、こう記してあったそうじゃ」

「左門……。どこかで聞いた覚えが」

信平が言うと、光行が教えた。

「古の京に出現した鬼を斬った、北面武士の名じゃ」

思い出した信平は、道謙に眼差しを向けた。

「禁裏に続く門の警護は所司代の役目。浮かぬ顔をされていたわけが分かりました」

「江戸に聞こえれば、切腹ではすまぬだろうからの」

「参内のおり、帝はそのようなことがあったと露ほども……」

「幕府の者がおったのであろう」

「はい」

「おっしゃらぬは当然じゃ。世に知られるのは朝廷の恥。所司代は命取りじゃ。まして、相手はこのわしも敵《かな》わぬ鬼。密《ひそ》かに朝姫を救えるのは、お前しかおらぬ」

「承知いたしました」

「やってくれるか」

「必ずや、お救いいたします」

安堵《あんど》の息を吐く道謙に、信平が訊く。

「左門なる者の狙いは何ですか」

「分からぬ。攫ったきり、朝廷に何も言うてこぬらしい」

「金目当てでないのなら、姫の御身が心配です。いずこにおられるか……」

生があるのかと思う信平のこころを見透かすように、道謙が光音を促す。

応じた光音が、胸の前で手を合わせ、目を閉じた。呪文を唱える声は、子供の時とは違い美しく、それでいて、人のこころを安らかにさせる力を秘めているようだ。

外障子を閉めているのに一陣の風が吹き、光音の黒髪が揺らぐ。

何かを待っていたように呪文を終えた光音が、目を開いた。

信平には、光音が瞼を開けたほんの一瞬だけ、瞳の奥に青い光が見えた。

それを察したのか、光音が信平に微笑む。そして、桜色の唇を開いた。

「宮様は、生きておられます」

別人のように大人びた声に、信平は驚いた。

光行が、得意顔を向けた。

「孫は、己に術をかけたのじゃ。それゆえ別人のようになる。なんなりと訊いてみよ」

顎を引いた信平が、光音に眼差しを戻した。

「朝姫は、いずこにおられる」

「影は比叡山にあります。ですが、命が尽きようとされています」

思わぬ言葉に、道謙と光行から驚きの声があがる。

信平が訊く前に、光行が口を開いた。

「今朝は無事だと申したではないか」

「それは今朝のこと。今は、影が薄れておられます。何かよからぬことが迫っているのかもしれません」

「よからぬこととはなんだ」

「そこまでは……」

光音は探るような顔をしたが、分からないと言って首を振る。

光行が、道謙と信平を見た。

「急がねば」

道謙が顎を引く。

「光音、朝姫がおる場所が分かるか。弟子を行かせるゆえ申せ」

「では、まいりましょう」

立ち上がる光音に、光行が慌てた。

「鬼がおるのだ。お前は行かずとも、姫がおられる場所を信平殿に教えればよかろう」

「いいえお爺様、ここは離れていますので、はっきりした場所が分かりません。感じるには、比叡山に入らなければならないのです」

道謙が光行に顔を向けた。

「弟子が守る」

光行が困り顔を向ける。

「しかし、おぬしが負けた相手だぞ」

「案ずるな。今は、弟子のほうが勝っておる」

光行が信平に顔を向ける。

「まことか」

「勝っているとは思いませぬが、光音殿は、必ずお守りします」

「まいりましょう」

光音が先に立ち、部屋から出た。

心配する光行に頭を下げた信平が、後に続く。次の間に控えていた鈴蔵を従え、戸口へ向かうと、酒肴《しゅこう》を載せた膳を持ってきていたおとみが、出かける三人に声をかけた。

「あれ信平様、お出かけですか。支度が調いましたから、食べて行かれませ」

「申しわけありません。急ぎますので」

信平は頭を下げ、戸口から出た。

その戸口から、鈴蔵が中をのぞきこむ。

「奥方様、背負子《しょいこ》をお借りします」

「かまいませんが、背負子で何をされるのです」

「比叡山に入りますので、使うこともあろうかと」

おとみは驚いた。

「信平様が、柴刈《しばか》りを？」

鈴蔵は笑った。

「違います。険しい山道ですから、光音様がお疲れになられると思いますので」

おとみは納得したようで、どうぞと言った。

鈴蔵が頭を下げて行ってしまったので、

「美味《おい》しい湯葉寿司《ずし》を作りましたのに……」

残念そうに料理を見つめるおとみ。

そこに来た光行が、

「どれどれ」

一つつまんで口に運んだ。

「ほほ、これは旨いの」

「皆さん、比叡山に何をされに行かれたのです」

「鬼退治じゃよ」

「えっ！」

おとみが驚き、膳を落としそうになったので光行が支えた。

「おいおい」

「道謙様を怪我させた相手ですよ。よく平気でいられますね」

「光音がおびえておらなんだからの。大丈夫じゃよ」

「でも……」

「わしよりも、道謙が孫の力を信じておる。孫がおびえておらぬということは、すなわち、生きて戻るということじゃ」

するとおとみが、ぱっと明るい顔をした。

「それじゃ、心配ないですね。これ、食べましょうか」

「おお、食べよう食べよう。道謙も腹を空かせておる」

光行は膳を持ち、おとみと道謙の寝所に行った。

四

信平と鈴蔵は光音が示すまま、高野川沿いの道を川上に歩む。

山のもみじが芽吹くのはまだ先だが、昼前の日差しは春めいていて、川風が気持ちいい。

半刻《はんとき》（約一時間）後に、八瀬《やせ》の郷《さと》に到着した。

古の戦いで背中に傷を負った天武天皇が、八瀬の郷の釜風呂で癒やしてより、平安貴族のみでなく、武士たちから憩いの場として保護されてきた。

道謙もこの地を愛し、信平を連れて、たびたび訪れていた。

川沿いの地へ立てば、昨日のことのように思い出される。

その胸の内を見透かすように、光音が信平を見上げた。

「おとみ様が動けない道謙様に代わって、この地の湧水を取りに来られたようです」

信平は、岩から流れ出る水に手を差し向けた。

「幼い頃、師匠によく連れてこられた」

鈴蔵が訊く。

「風呂のお供ですか」

信平が笑みを浮かべる。

「厳しい修行で傷を負った時は、この水で洗い清めてくださっていたのだ。飲めば不思議と力が湧くとも、おっしゃられていたが」

手で水を受けて一口含んだ信平に、鈴蔵が懐紙を渡しながら訊く。

「まるで御神水《ごしんすい》のようですね。御利益があるのですか」

「師匠は、冷泉ではないかと言われていた。傷が膿《う》んで長引いていた時この水を使うと、不思議と早く治っていた。その頃はあたり前だと思うていたが、今こうして口にすれば、冷たい水が臓腑《ぞうふ》に渡り、清々《すがすが》しい気持ちになる。竹筒を……」

信平は、鈴蔵から竹筒を受け取り、湧水を満たして光音に差し出した。

喉を潤した光音が、目を見張る。

「美味しい」

手で受けて飲んだ鈴蔵も、旨いと絶賛した。

「旅をしていろいろな土地の水を飲んできましたが、これほどの水は、初めてです」

ひと休みした信平たちは、枯れ葉が積もる細い山道に足を踏み入れ、登りはじめた。

光音が示すままに登っていけば、いずれ、延暦寺《えんりやくじ》に行き着く。

左門なる者は、朝姫を延暦寺に連れ去ったのではないかと思い、山道を登っていると、光音は立ち止まり、道から外れた岩場の上を指示した。

「こちらが近道です」

そこは、岩肌がむき出しの崖だ。

信平と鈴蔵に難はないが、光音の足では登れぬ。

鈴蔵が光音に背を向け、腰を下ろした。

「おとみ様に借りてようございました。背負子にお乗りください」

戸惑う光音を、信平が促す。

「この者は大丈夫」

笑みで応じた光音が、遠慮がちに背負子に座った。

信平は鈴蔵から腰紐《こしひも》を受け取り、光音が落ちぬように縛り、鈴蔵の肩をたたく。

「よいぞ」

立ち上がった鈴蔵が、崖を見上げた。

「行きますよ。つかまって」

そう言うや、ためらうことなく岩に手をかけ、足を使い、苦もなく登っていく。

下で見守っていた信平は、上に到着した鈴蔵が手を振ると、狐丸《きつねまる》を背負い、崖に手をかけた。

時には岩から岩に飛びつつ登ってくる信平の身軽さに、鈴蔵が笑みを浮かべる。

「まるで天狗《てんぐ》だな」

登った信平は、光音が示す方角に向け、鈴蔵と道なき道を進む。

雑木林の、木々のあいだを歩んでいた時、人の気配を察した信平は、光音を背負っている鈴蔵の歩みを止めさせた。

見えるところに人影はないが、確かに気配がある。

信平は鈴蔵に腰を下ろさせ、一人で先に進む。すると、少し登った先の平地に人がいた。編《あ》み笠《がさ》をつけた八人の侍は、岩壁に口を開ける穴に向かい、油断なく立っている。

皆、いつでも抜刀できるよう柄に右手を置き、岩穴に近づいていく。

背後に鈴蔵が来た。背負子から降りた光音も、静かに歩み寄る。

「所司代が差し向けた追っ手でしょうか」

小声で言う鈴蔵に、信平が分からぬと言った、その時、岩穴から人が出てきた。

黒装束の男一人に対し、八人の侍が一斉に抜刀する。

「姫を渡すなら、命は取らぬ！」

侍の一人が叫んだが、男は抜刀した。

何か言ったようだが、声が小さいので信平の耳には届かない。

「おのれ左門！」

侍が怒鳴り、猛然と出た。

信平は侍たちを助けるために、雑木林を走った。

そのあいだも、戦いの怒号が飛び交う。

信平が雑木林を走るわずかなあいだに、左門は五人を倒し、三人を相手にしていた。

一度に斬りかかった三人の攻撃をすべてかわして見せた左門は、まさに乱舞といえる剣さばきで二人を斬り、残る一人が斬りかかった刀を折り飛ばし、唐竹割りで打ち下ろした。

間に合わなかった。

足を止める信平の先で、斬られた侍の身体が頭から二つに割れ、地面に崩れ落ちた。

まさに、岩をも断ち切る剛剣。

左門が信平に気付き、鋭い眼差しを向けた。

向かう信平。すると、左門はきびすを返し、岩穴に逃げた。

信平は追って入ったが、中は漆黒の闇。

気配を探りつつ奥へ進み、穴を曲がったところで光が見えた。

光を目指して行くと、そこは別の出口だった。外に出てみると、葉の落ちた雑木林が広がるのみ。

穴に分かれ道はなかったので、ここから出たはずと思い、信平はあたりを見回した。

だが、見えるのは雑木林のみで、耳に入るのは小鳥のさえずりだけだ。気配もない。

逃げられたか。

信平はあきらめ、穴に戻った。目が慣れてもやはり、どこにも分かれ道はない。

外へ向かい、倒れている侍のところに出ると、鈴蔵と光音が向かってきていた。

信平は、脱ぎ捨てられていた侍の羽織を拾って、二つに斬り割られた骸《むくろ》にかけ、無残な姿を隠した。呻《うめ》き声に顔を向けると、意識を取り戻した別の侍が、腹を押さえて苦しんでいた。

信平が駆けつけ、侍に声をかける。

「どこを斬られた」

「よ、横腹を……」

「傷を見せよ」

信平が手をどかせると、左の腹から血が流れた。

狩衣の袖に手を入れて下着をちぎり、傷口を押さえた。

そこへ、鈴蔵と光音が来た。

「殿、これは」

「左門に斬られた。この者は息があるので延暦寺に運ぶ」

「拙者が背負いますので、殿は光音殿を」

信平は顎を引き、苦しむ侍に手を貸して立たせると、ゆっくり鈴蔵の背負子に乗せた。

鈴蔵に手を貸して立ち上がらせた信平は、骸を見ぬよう背中を向けている光音に歩み寄り、手をつかんだ。

「歩けるか」

「朝姫の影が見えなくなりました」

目をつむり、必死に見つけようとしている光音を、信平は止めた。

「疲れたのだろう。一旦ここを離れよう」

信平に促され、歩もうとした光音がふらついた。

倒れそうになった身体を受け止めた信平に、光音が虚《うつ》ろな目を向ける。

「無理をしていたのか」

信平の問いに答えられないほど、光音は疲れ果てていた。力を使いすぎたのだ。

光音は立って歩こうとしたのだが、ふたたび信平の腕の中に倒れ、そのまま気を失った。

信平は光音を背負い、鈴蔵と共に延暦寺に向かった。

雑木林を抜けて参道に出た時、どこからともなく現れた侍に囲まれ、足止めされた。

「その者はわたしの家来ゆえ、渡していただこう」

声に振り向いた信平の前に、三十路《みそじ》の男が歩み出る。

武官がまとう薄緋《うすあけ》の袍に白の指貫、黒の靴《か》の沓《くつ》を履いたこの者は、姫の探索をする公家の者だろうか。

目つきが鋭く、身体から出る気は凄《すさ》まじい。

信平が、鈴蔵が背負っている侍にまことかと訊くと、侍はうなずいた。

「鈴蔵、降ろして差し上げろ」

「はは」

腰を下ろす鈴蔵に侍たちが歩み寄り、怪我人を受け取った。

武官の身なりの男が、信平に言う。

「家来をお助けいただき、礼を申します。あなた様のお名を、お教え願えますか」

信平が男を見据える。

「麿は、鷹司信平じゃ」

男の眉がぴくりと動いたが、すぐに、柔和な笑みを浮かべた。

「これは、ご無礼をいたしました。江戸にくだり、将軍家の旗本になられたことは存じています。そのお方が、何ゆえこのような山奥におられます」

「貴殿と同じだ」

「朝姫を……」男が驚き、探る眼差しを向けた。「何ゆえ、あなた様が朝姫を捜しておられますのか。誰に、頼まれました」

「我が師、道謙様だ」

男は道謙を知る者らしく、納得した。

「そういうことでしたか」

「貴殿のお名は」

「名乗るほどの者ではございませぬ」

鈴蔵が油断なく信平を守り、男に顔を向ける。

「われらは怪しい者ではないと分かったはず。名乗られたらいかがか」

男は薄い笑みを浮かべた。

「家来をお助けくだされたこと、改めてお礼申し上げます。今は名乗りませぬが、いずれまた、お会いすることがございましょうから、その時に」

そう言って頭を下げ、きびすを返した。

信平が訊く。

「左門のことをご存じか」

すると、男は立ち止まり、横顔を向ける。

「そのことは、手出し無用」

低く、威圧する声で言い、去った。

鈴蔵から怪我人を受け取った家来たちが、男の後を追って山をくだって行く。

先に立っていた鈴蔵が、男たちが道を曲がって木々で見えなくなったところで信平に振り向く。

「探ります」

走る鈴蔵に、

「行ったらだめ」

と、信平の背中で光音が声をあげた。

「行けば死にます」

鈴蔵が駆けのぼり、光音に訊く。

「奴らは敵ですか」

返事はない。

光音はふたたび、気を失っていた。

「寝言？」

驚く鈴蔵に、信平が首を横に振る。

「無意識に予言したのであろう。あの者、かなりの遣い手だ。ひとまず、師匠の家に戻ろう」

「では、光音殿をそれがしが背負います」

「よい。近道を行くので付いてまいれ」

信平は鈴蔵を連れて、庭ともいえる比叡山を駆け下りた。


あたりが薄暗くなった頃、信平たちは道謙の家に着いた。

家の敷地に入るなり、佐吉と頼母が表の戸口を出て、走り寄る。

佐吉が信平から光音を受け取る横で、頼母が言う。

「道謙様と光行様からお話を聞き、案じていたところでございます。光音殿はいかがされたのですか」

「力を使いすぎてしまったようだ。佐吉、早う中へ」

「はは」

佐吉は光音を抱いて、家に急いだ。

頼母が歩みながら訊く。

「見つかりましたか」

「いや、逃げられた。明日また、光音殿を頼りに捜すつもりじゃ」

信平は家に入り、孫娘を心配する光行のところへ行き、頭を下げた。

「倒れるまで気付かず、申しわけございませぬ」

「いやいや。いつものことじゃよ。眠れば治る」

光行が飄々としているので、信平は安堵の息を吐いた。

「それより、朝姫は見つかったか」

「いえ、左門は見つけましたが、逃げられました」

光行が腕組みをする。

「おぬしでも敵わぬ相手であったか」

「刃は交えておりませぬ」

「おい、声が聞こえぬ。こちらへまいれ」

隣の部屋から道謙に言われて、信平は、光音を光行に託して向かう。

山でのことをすべて聞いた道謙は、難しい顔をして考えた。

「わしのことを知っておるなら、公家の誰かであろうが、名も言わぬとは怪しいの。何ゆえ後を追わなかった」

「行けば死ぬと、光音殿が予言しましたので」

道謙は顎を引く。

「お前は、その者をどう見た」

「身なりは公家。剣は交えておりませぬが、かなりの遣い手かと。そのような者に、覚えはございますか」

「思い当たる顔が浮かばぬが、光音が追うなと申したなら、敵とみてよかろう」

話を聞いていた光行が口を挟んだ。

「光音は、左門を鬼と言うたであろう」

「いえ」

「何、言わぬとな。それは妙だぞ。見れば分かるはずじゃ」

「近くで見ておりませぬので」

道謙が、信平に厳しい眼差しを向ける。

「光音の予言では、朝姫の命が尽きようとしている。一刻を争うが、夜はどうにもならぬ。今宵《こよい》は泊まれ。明日の朝また、比叡山に行くがよい」

「かしこまりました」

道謙が、次の間に控える佐吉たちに顔を向ける。

「連れてきた家来はこれだけか」

「はい」

「高家となっても、家来を増やせぬか」

「精進いたします」

「まあよい、佐吉は千人力じゃ。小うるさい爺《じじい》は来ておらぬのか」

「松と福千代を守り、江戸屋敷《えどやしき》におりまする」

「死ぬまでには、福千代に会《お》うてみたいものよ。いくつになった」

「九つです」

道謙の目に輝きが増した。

「鳳凰《ほうおう》の舞を、伝授するつもりか」

「どうするか、迷うています」

そうか、と、顎を引く道謙の顔に、憂いが浮かぶ。

「厳しい修行ゆえ、迷うのも無理はない。じゃが、手遅れにならぬようにの。九つは、まだ早いとはいえぬ。我が子を甘やかしてしまうと思うならな、わしが預かってもよい」

信平が答える前に、頼母が口を挟んだ。

「おそれながら、鷹司松平家は旗本でございますので、若君が江戸を出るのは難しいかと存じます」

「京へよこせとは言うておらぬ」

信平は驚いた。

頼母が膝を進め、身を乗り出す。

「では、江戸へ来てくださいますか」

「よさぬか」

信平が止めると、道謙は笑みを浮かべる。

「福千代が、江戸で大人しゅうしておればよいがの」

信平と頼母が驚き、顔を見合わせた。

佐吉が道謙に訊く。

「若君が、家を出られるとおおせですか」

「弟子の息子ゆえ、そう思うたのじゃ。わしは生きて、江戸の土を踏めぬ」

信平が心配した。

「師匠、そのような弱音を申されますな」

道謙は薄笑いを浮かべ、疲れたと言って横になった。

光行に手招きされたので信平が近づくと、ぼそりと言う。

「左門に負けたことが、よほどこたえておるのだ。今は、そっとしておくのがよかろう」

うなずいた信平は、背を向けて眠る道謙を見つめた。

五

光音が目をさましたのは、夜が明けて一刻（約二時間）ほど後のことだ。

焦らず待っていた信平は、光行から目ざめを知らされ、光音がいる表の客間に行った。


「よろしいか」

廊下で声をかけ、光音の許しを得て部屋に入った。

床を上げていた光音が、正座して信平に両手をつく。

「昨日は、さしてお力になれぬまま眠ってしまい、申しわけございません」

「よい。慣れぬ山で疲れたのだ。さっそくですまぬが、朝姫の居場所を探ってもらいたい」

光音はうなずき、呪文を唱えたのだが、程なく腹の虫が鳴った。

力が抜けた光音が、ため息交じりに言う。

「だめです。お腹《なか》がすきすぎて、何も感じられません」

大人といっても、まだ幼さが残る光音の恥ずかしそうな笑顔に、信平は微笑む。

「では、朝餉《あさげ》をすませてからにいたそう」

「はい」

光音は両手をついた。

おとみが調えてくれた朝餉は、豆腐の味噌汁《みそしる》に干し大根と魚の煮物、かぶの千枚漬けが添えられていた。

光音はおとみの千枚漬けが好みらしく、

「美味しい」

乙女らしく喜んで食べた。

おとみが台所から座敷《ざしき》の様子をうかがい、光音の後ろに座ると、櫛《くし》を持った。

「少しは待たせてもいいから、身なりを整えましょうね」

光音が箸を止め、おとみに礼を言った。

腰まで伸びた長い髪を束ね直したおとみは、これでよし、と言って、飯のおかわりをすすめたのだが、光音は十分だと礼を言い、身なりを整えた。

道謙の部屋で待っていた信平たちのところへ来た時には、光音の顔に元気が戻っていた。

昨日にも増して、不思議な力を宿しているように思えた信平は、座って支度に入る光音を見守った。

「では、はじめまする」

道謙と光行に向かって両手をついた光音が、部屋の壁に膝を転じ、胸の前で両手を合わせた。光音が向かう北の方角には、比叡山がある。

美しく、こころが和む声で呪文を唱えはじめた光音は、程なく終え、頭を下げた。

沈黙している光音。

光行が首をかしげ、声をかけた。

「光音、いかがした」

「見えませぬ」

「なんと。では、朝姫は比叡山におられぬか」

光音がふたたび沈黙した。

道謙が、険しい顔をする。

「まさか、この世を去ったのか」

光音は、信平に眼差しを向ける。

「朝姫のお姿は見えませぬが、信平様の背後に、使いが来ています」

信平は立ち上がって外障子を開け、目を見張った。裏庭に、一匹の狐が座っていたからだ。

「狐じゃ」

佐吉が驚きの声をあげて外に出ようとしたが、信平が止めた。

金色の、ふさふさした冬毛の狐は、口に巻物をくわえて、じっと信平を見ている。

信平は、静かに縁側に出た。

すると狐は、くわえていた巻物をそろりと置いて後ずさった。

信平が巻物を拾い、開いて目を通す。顔を上げて眼差しを向けると、狐は導くように、向きを変えた。

背後に来た頼母が巻物に目を通し、いぶかしげな顔を信平に向けた。

「殿、これはどういうことでしょうか」

「分からぬ」

信平が狐を見ていると、寝間から道謙の声がした。

「なんと書かれておる」

頼母が振り向く。

「道謙様を名指しで、一人でまいられるようにと……」

「信平、わしの代わりに行くがよい」

頼母は目を見張る。

「殿お一人では心配です」

「わしの弟子が、負けると申すか」

道謙の言葉に、頼母は目を伏せる。

「そうは申しませぬ」

信平が察して、道謙に眼差しを向けた。

「師匠、この狐をご存じなのですか」

道謙は信平を見つめ、顎を引く。

「その狐は、朝姫がよこしたものであろう」

「朝姫様の……」

驚く信平に、道謙がうなずく。

「姫は屋敷で、その狐と暮らしておった。それゆえ禁裏では、狐の子と言われておったようじゃ。お前も幼き頃、狐の子と言われていじめられておったの」

「師匠に、救われました」

「お前も不思議な子であったが、狐を使う朝姫も、噂《うわさ》どおりの姫じゃ。変わっておる」

微笑む道謙に、信平が訊く。

「朝姫も、お辛《つら》い思いをされていたのですか」

「姫は、京の外れで静かな暮らしをしていたのだが、ある公家との縁談が決まり、婚儀の日まで御所に入ることとなった。じゃが、庶子ゆえ、風当たりが強うてな。辛い目に遭われた。それがいつの日か、そばに狐がおるようになったことで、狐の子と言われはじめたのじゃ。当の本人は、狐を飼うことによって、救われたようであるがな。かく言うわしも、お前と出会う前は狐と暮らしておったので、朝姫の気持ちが分かる」

そう言って笑う道謙が、顎を振って庭を向くよう促す。

「見よ、狐が待っておる。行ってやれ」

「承知しました」

振り向く信平の背後に、佐吉が駆け下りる。

「殿、お供します」

「よい」

「なりませぬ。何かあれば一大事ですぞ」

「佐吉、狐は朝姫の使いなのだ。これにはきっと深いわけがある。一人でまいるゆえ、ここで待て」

佐吉は、渋々応じた。

「くれぐれも、お気を付けください」

「ふむ」

信平が歩みを進めると、狐も歩みを進め、立ち止まって振り向く。

導きに応じて裏庭を出ていく信平を見送った佐吉が、心配そうな顔を道謙に向けた。

「あの狐はまるで、神の使いのようですね」

道謙は笑った。

「そうやもしれぬの」

頼母が光音に真顔を向ける。

「殿が無事戻られるお姿が、見えますか」

光音は呪文を唱え、先を見ようとしたが、難しい顔を横に振る。

「霧のようなものに遮られ、何も見えませぬ。このようなことは、初めてです」

「心配です。鈴蔵殿、こっそり後をつけませんか」

頼母に応じた鈴蔵が出ようとしたのを、道謙が止めた。

「気持ちは分かるが、ここは辛抱せい。弟子に任せるのじゃ」

佐吉と頼母と鈴蔵は、それでも外に走り、信平の後を追って高野川の土手に行ったのだが、遠い先まで、姿は見えなかった。

佐吉が焦った。

「来るなと言われても行くべきだった。なんだかわしは、いやな予感がしてならぬ」

頼母がうなずく。

「川上を捜しましょう」

「うむ」

「わたしは別の道に行ってみます」

鈴蔵が言い、川を渡って比叡山を目指した。

三人は必死に捜したが、まだ遠くへは行っていないはずの信平を見つけることはできなかった。

比叡山の木々のあいだを狐が飛ぶように走り、信平が追う。その後には木の葉が舞い、風に流れる。

山の奥へ走る信平は、やがて深い森の中に消え、あたりは静寂に包まれた。

第二話　魔の手

一

小雨《こさめ》が止《や》み、霧が出てきた。

比叡山の雑木のあいだを走っていた狐が巨岩のほとりを駆け上がり、岩の上から、鷹司信平に振り向く。

後を追って巨岩に上がろうとした信平は、右手にある杉の大木に気配を感じて立ち止まった。その刹那、黒い人影が現れ、ものも言わず抜刀して襲いかかってきた。

信平は、身体を右に転じて鋭い切っ先をかわした。

空振りをした若者は、凄まじい剣気を放ちつつ信平に向き、刀を振り上げる。

飛びすさった信平は、十分な間合いを空けた。

若い男は下段の構えに転じ、大刀の腹を向ける。

薄暗い山の中で鈍く輝く刃。

まったく隙がない構えの若者に、信平が問う。

「左門か」

「そうだ」

「狐をよこしたのは、お前か」

「…………」

黒い着物をまとう左門は、ちらと狐を見て、鋭い眼差しを信平に向ける。

「お前の名は」

「鷹司信平だ」

鷹司と聞き、左門は一瞬ためらった。

「呼んだのは、道謙様だ。何ゆえお前が来る」

「師匠の命に従いまいった」

「師匠だと」左門の顔に、動揺が浮かんだ。「弟子がいるとは聞いたことがない」

左門はまだ二十歳にもならぬ若者。十数年前に京を離れた信平のことを知らないのは当然だろう。

だが信平は、道謙を呼んだ左門に、疑いの眼差しを向ける。

「お前は、師匠を知っているのか」

「…………」

「やはり知らぬか。師匠になんの用がある」

「…………」

左門は答えず、信平を見据えている。その顔には、こころの迷いが浮いている。

「師匠は、狐が朝姫の使いと見抜かれた。姫に、師匠を頼れと言われたか」

「弟子などに用はない。去れ」

「そうはいかぬ。麿は師匠の名代《みょうだい》ゆえ、朝姫に会わせてもらおう」

左門の顔つきが変わり、剣気が増した。

「わたしに勝てば、会わせよう」

ふたたび刀を構える左門に信平は応じた。

「いたしかたない」

狐丸を抜刀した信平は、左足を前に出し、左の手刀を顔の前に上げ、右手の狐丸を背中に隠す。

独特の構えと、信平のただならぬ剣気に、左門の気迫が増した。

猛然と迫る左門。

信平は前に踏み込み、狐丸を振るった。

刀と刀がぶつかり、両者がすれ違う。

互いに振り向き、刀を横に振るう。

きらりと光る刃が交差し、火花が散る。

信平は飛びすさって間合いを空けた。

刀を低く構える左門が、薄い笑みを浮かべる。

「さすがは弟子と言うだけのことはある。だが、わたしには勝てぬ」

言うや、前に飛び、鋭く突いてきた。

信平は飛びすさってかわしたが、切っ先が伸びたと見まがうほど、鋭く眼前に迫る。

右足を着地すると同時に身体を右に転じる信平。

左門が追い、刀を横に振るう。

切っ先が狩衣の袖を割《さ》いた。

ふたたび振るわれた激剣をかわして飛びすさる信平の眼前に、追う左門の、美しい顔が迫る。

左門は、信平の腹を蹴った。だが、信平はその足を左手で受けてさらに飛びすさり、間合いを空ける。

左門が信平を睨む。

「わたしの攻撃をかわしたのは、お前が初めてだ。だが次で終わりだ。見せてやろう、我が奥義を」

そう言うと、じりじりと間合いを詰め、刀を両手でにぎり直して下段に構える。

信平は右手に狐丸をにぎり、両腕を広げた。

左門が迫る。足を狙って斬り上げた一撃を信平が右にかわしたが、これが左門の狙い。

つま先立ちになるほど身体を伸ばして刀を振り上げた左門は、信平に対し、力の限り打ち下ろした。

侍を一刀両断した技が、信平を襲う。

だが、まるで残像のごとく、刀が打ち下ろされた刹那に信平が消えた。

「うっ」

左門は、目を見張った。後ろ首に当たる寸前で、狐丸の刃がぴたりと止められたのだ。

信平の凄まじい剣気が狐丸から伝わり、左門は動けない。

「朝姫を返すなら、命は取らぬ」

信平が刀を引くや、左門は呪縛から解かれたようにくるりと身体を転じて下がり、信平に対峙する。そして、刀を背中に隠し、片膝をついて頭を下げた。

「まいりました」

信平は息を吐き、狐丸を鞘《さや》に納めた。

顔を上げた左門が、刀から手を放して両手をつく。

「わたしより強いのは、道謙様だけだと思っていました。どうか、道謙様共々、朝姫様にお力をお貸しください」

左門は、己が道謙を斬ったことに気付いていないようだ。

信平は明かさず、左門に訊く。

「朝姫を連れ去ったのは、お命を守るためか」

左門が顎を引く。

「はい」

「誰に狙われている」

「朝姫が東十条《ひがしじゅうじょう》様に嫁ぐことを嫉《そね》む何者かとしか、申せませぬ」

「思い当たる者がいないと」

「禁裏に仕える者や公家衆の中には、朝姫を嫉む者が大勢います。仕打ちに耐えておられたようですが、命を狙われたことで、幼馴染み《おさななじ》のわたしに文を送られたのです」

御殿の異様に気付いた朝姫は、文を持たせた狐を左門に遣わし、命を狙われたことを伝えると同時に、今生の別れを告げていた。

朝姫を案じた左門は、命をかえりみず御殿に向かい、助け出したのだ。

信平が訊く。

「姫は、ご無事なのか」

左門が悲愴な顔をした。

「朝姫は、何者かに少しずつ毒を盛られていました。そのせいで身体が弱りきっています」

「毒消しは」

左門が首を横に振った。

「飲ませましたが、効きませせぬ」

薬と毒が合わないのだ。一刻を争う。そう思った信平は、左門に厳しい顔をする。

「そなたに力を貸そう。姫と会わせてくれ」

応じた左門が、案内に立つ。

信平は、狐と共に山の奥へと入る左門に続き、道なき道を進む。

たどり着いたのは、清水が流れる巨岩の下にある穴だ。

周囲は落葉した雑木ばかりで、人里も遠い。

「ここで、冬を過ごしていたのか」

「はい」

「食べ物はどうしている」

「ふもとの里から分けてもらっています」

穴に少し入ったところで焚《た》き火の匂いがしてきた。暗くて先が見えないので、奥が深いようだ。

さらに歩みを進めると、明かりが見えた。

「この奥です」

案内に従うと、そこには人が立てるほど広い空洞があり、焚き火の近くに、獣の皮にくるまれた朝姫が眠っていた。

信平は歩み寄り、朝姫の額に手を当てた。熱が高く、苦しそうに息をしている。

「ここに置いていては、命が尽きてしまう。山を下りよう」

「だめです。すぐさま居場所を突き止められます」

「先日の者たちか」

「はい。これまでも幾度か山へ登ってきましたが、このものが報せてくれたおかげで、見つからずにすんでいます」

左門は、朝姫に寄り添って丸くなっている狐の頭をなでた。

「賢い狐だ」

信平が言うと、左門が眼差しを向けた。

「鷹司様はどうして、我らが比叡山にいるとお分かりになられたのですか」

「不思議な力を持った者が、姫が比叡山におられるのを感じて導いてくれた」

左門が探る顔をする。

「陰陽師ですか」

「そうだ」

「姫の命を狙う者も、おそらく陰陽師を雇っているかと」

信平の脳裏に、山で出会った男の顔が浮かんだ。

「その者の名は」

「分かりません。朝姫は、目に見えない力を感じることができるのです。己に向けられる気があると、申していました」

「道謙様の家に、先日麿を比叡山に導いた者がいる。朝姫を連れて行けば術をもって、命を狙う者に見つからぬようにしてくれよう」

「術をかけていただく前に、敵の陰陽師に見つからないでしょうか」

心配する左門に、信平が顎を引く。

「麿が必ず守る。ここにいては、姫の身体が弱るばかりだ」

朝姫に眼差しを向けた左門が、信平の誘いに応じた。

「朝姫、強い味方を得たぞ。これでもう大丈夫だ」

左門の言葉に、朝姫はわずかに目を開けて微笑んだが、すぐに眠ってしまった。

「痛みを抑える薬が効いている今のうちに、下りましょう」

そう言った左門は、朝姫から毛皮を取り、手を引いて背負った。

信平は、痩せ細っている朝姫の背中に毛皮をかけてやり、出口に向かった。その足下をすり抜けた狐が、案内するとばかりに振り向き、太い尾を向けて先に歩んだ。

穴から出た狐は止まってあたりの臭いを嗅ぎ、程なく歩きはじめた。

「曲者はいないようです」

後ろで言う左門に横顔を向けて顎を引いた信平は、狐の案内で山を下りた。

二

道謙の家に着いたのは、雨模様のせいもあり、外が暗くなりはじめた頃だ。

表の戸口に近づくと、待っていた佐吉たち三人の家来が出てきた。

「殿、ご無事でよろしゅうございました」

真っ先に駆けつけた佐吉が、朝姫を背負っている左門に警戒の眼差しを向ける。

「このお方は、どなたです」

「左門殿と朝姫じゃ」

「なんと」

驚く佐吉に代わり、頼母が訊く。

「観念して下りてきたようには見えませぬが、何があったのです」

「話は中でする。鈴蔵、姫は毒にやられている。よい薬師《くすし》を知っているか」

「一人思い当たる者がいますので、連れてまいります」

鈴蔵は走り去った。

信平は佐吉に顔を向ける。

「姫の命を狙う者がいる。見張ってくれ」

「承知しました。刀を持ってきます」

家に入る佐吉。

信平は左門を促し、佐吉の後に続いて家に入った。

板の間にいたおとみに事情を話すと、

「きれいな顔がこんなに汚れて」

気の毒がり、湯を沸かすので、温かい囲炉裏端に寝させるよう言われた左門が、朝姫を下ろして横にさせた。

毛皮を掛けてやる左門を横目に、信平は頼母に訊く。

「光音殿はいるか」

「はい。道謙様のお部屋におられます」

「これへ」

「はは」

応じた頼母が道謙の部屋に行き、光音を連れてきた。光行も心配して来たので、信平は二人に告げる。

「朝姫の命を狙う者が、陰陽師を使って居場所を探っていると思われます」

光行が険しい顔をした。

「やはりな。思ったとおりじゃ。光音が見えぬようになったのは、その者と気がぶつかったせいじゃ」

信平が訊く。

「思い当たる者がいますか」

「光音と同じ力を持つ者は、京に一人しかおらぬ」

「誰です」

「今出原《いまではら》家に仕えている、百済妙高《くだらのみようこう》だ」

名を告げた時、道謙が襖を開けた。

「おい、今、なんと申した」

光行に厳しい眼差しを向ける道謙を見た左門が、目を見張った。

「あの時の……」

声に応じて、道謙が睨む。

「わしを賊と思うたか」

「申しわけございませぬ」

「鬼と思うていたが、違うようじゃの。わしに狐をよこしたのは、何ゆえじゃ」

「姫をお守りいただけるのは、わたしの祖父を倒したあなた様しかいないと、思ったのでございます」

「何」道謙が驚き、左門を見つめる。「もしやおぬし、綾辻萬斎の……」

左門が、真顔で顎を引く。

「孫の、将仁《まさひと》でございます」

道謙が、まじまじと見た。

「萬斎は、妻子がいたのか」

「父上は、祖父の顔を知らぬと申しています。祖母からは、祖父は悪行を重ねたため、道謙様に成敗されたと、聞かされております」

「どうりで、鬼によう似ておると思うた。斬岩剣を、誰に教わった」

「祖父が残していた巻物を読みました」

「指南書のみで、萬斎に勝るとも劣らぬ技を身につけたのか」

「はい」

道謙は深い息を吐き、将仁に感心した。

「末恐ろしい奴じゃ」

将仁が両手をつく。

「道謙様とは知らず刃を向けてしまったこと、どうか、お許しください」

「わしを、祖父の仇《かたき》と思わぬのか」

「思いませぬ。父上も、露ほども思ってはおらぬと申しています」

「祖父の仇と狙われたのでは、わしはもはや、この世にはおるまい。それほどに、お前は強い」

「信平様には、かないませぬ」

道謙が目を細めた。

「弟子と、剣を交えたのか」

「朝姫を守るために、腕を確かめさせていただきました」

「うむ」

満足げにうなずいた道謙が、光行に眼差しを向ける。

「おい、今出原と言うておったが、中将実成《ちゅうじょうさねなり》がどうしたと申すのだ」

「百済妙高に、朝姫の居場所を探らせているようじゃ」

「帝のためではないのか」

「さて、それはどうかの。信平殿が比叡山で出会った男の様子から、百済妙高に違いないと思うが、帝の命で動いているなら、信平殿に名を告げるはず。伏せるは、やましい気持ちがあるからと思わぬか」

道謙が、険しい顔でうなずく。

「今出原中将は、何ゆえ朝姫の命を狙うのだ」

「まだそうと決まったわけではない。朝姫が光音と同じ力で探られていると聞いたゆえ、百済妙高の仕業と思うただけじゃ」

「調べてみます」

信平が言うと、道謙が顔を向けて顎を引く。

黙って目を閉じていた光音が、瞼を大きく開いた。

「ここが探られています」

驚く光行に、光音が顔を向ける。

「お爺様、皆様を我が家にお連れしてください。わたしは一足先に戻り、結界を張っておきますので」

「おお、よし分かった。道謙、よいか」

「見られたなら、仕方ない。姫を頼む」

立ち上がった光音が言う。

「道謙様も、皆様とご一緒してください」

「うむ？」

いぶかしい顔を向ける道謙に、光音が言う。

「鬼が、捜しに来ます」

「鬼じゃと」

「二人の強者《つわもの》を感じるのです」

道謙は、ふっと、笑みを浮かべた。

「おぬしの予言は、将仁のことではなかったようじゃの」

光音が目を閉じ、何かを探って言う。

「魔の手が迫ろうとしています」

「魔の手か。ならばわしはここに残り、鬼退治をしてやろう」

「そのお身体では、勝てませぬ」

光音がはっきり言うので、道謙は険しい顔をした。

「それほどに、手ごわいか」

「はい」

「楽しみじゃ」

臆さぬ道謙に、信平が両手をつく。

「わたしも共に戦います」

道謙が厳しい眼差しを向ける。

「ならぬ。お前は朝姫と共に行け」

「お具合が優れぬ師匠を置いて行けませぬ」

「いざとなれば戦える。行け」

動こうとしない信平を、道謙が睨む。

「わしの言うことが聞けぬのか」

「おとみ様を、泣かせてはいけませぬ」

道謙は目を細めた。

「こ奴、わしの急所を突くとは卑怯《ひきょう》な」

そこへ、湯と布を持ったおとみが来た。

光行がすかさず言う。

「おとみ殿、道謙がここで鬼と戦《たたこ》うて死ぬと申しておるぞよ。なんとかしてくれ」

「鬼！」

「さよう。光音が予言したのじゃ。鬼が来るゆえ逃げよとな」

「それはたいへん。お前様、すぐに支度をしましょ」

おとみは道謙の手をにぎり、じっと見つめた。

道謙はたじたじとなり、

「お前には勝てぬ。光行のところへまいろう」

そう言って、にんまりと笑った。

鈴蔵が薬師を連れてきたのは、程なくのことだ。

薬師は老婆だった。

佐吉が鈴蔵の袖を引き、老婆に聞こえないように問う。

「腕は確かなのだろうな」

「ご心配なく。拙者がかつて、島原大門前にある西成屋《にしなりや》奔次郎《ほんじろう》に世話になっておりました頃、奔次郎に頼まれて、このお婆《ばば》の仕事を幾度か手伝ったことがあります。毒を飲んで心中をはかった者たちが運ばれた時、お婆は即座に何を飲んだか見抜き、薬を与えて命を助けました。昔何をしていたのかは知りませぬが、毒のことにつけては、京で右に出る者はいないと、奔次郎が言っていたほどです」

「そうか」

佐吉は、じろりと見上げていた老婆に、頭を下げた。

「こちらへ」

先に立ち、朝姫が眠っている奥の部屋に案内する。

部屋に入った老婆は、朝姫の顔を見るなり、険しい顔をした。

「おとめ婆《ばあ》、どうだ」

訊く鈴蔵に、とめは厳しい眼差しを向ける。

「身体を調べる、男どもは出ろ」

しわがれた声で言われて、信平たちはおとみを残して部屋から出た。

待つこと四半刻（約三十分）、襖が開けられた。

朝姫の枕元にいるおとめが、鈴蔵に言う。

「たちまち命を落とす毒を、少しずつ分けて飲まされておったな。臓腑が腫れとる」

「治るのか」

「わしを誰だと思うておる、ええ、鈴蔵」

おとめは、細い目をさらに細め、唇に笑みを浮かべた。

鈴蔵が笑みを浮かべる。

「さすがは、毒見のおとめ婆だ。薬をくれ」

「もう飲ませた。熱が今より高くなるが、間違えても冷やしてはならぬぞ。五日分の薬を渡す。それでもようならぬ時は、また呼びに来るがよい」

「承知した。おとめ婆、ありがとうよ」

「うむ」

「これをお納めください」

礼金を差し出す頼母に、おとめ婆はにっこりと笑った。

「いい男じゃの。次はお前様が来てくれるかい」

戸惑う頼母は、珍しく笑みを浮かべた。

鈴蔵が割って入る。

「おとめ婆、悪い癖はなしだ。駕籠《かご》を待たせているので行こう。途中で旨いものでも食べよう」

「そうかい。それじゃ、帰るかね」

鈴蔵に手を引かれたおとめ婆は、頼母に頭を下げ、信平に眼差しを向けると、

「あれま、こちら様もいい男だよ」

などと、今気付いたように言い、笑みで頭を下げた。

「世話になった」

ねぎらう信平に顔を上げ、

「綺麗《きれい》な狩衣でございますね」

触れようとした手を鈴蔵がつかんで引く。

「さ、帰ろう」

おとめ婆が不服そうな顔をする。

「いいじゃないか」

「だめだ。行くぞ」

鈴蔵が手を引き、おとめ婆は連れて帰られた。

佐吉があっけにとられた顔で見送り、信平に訊く。

「鈴蔵の言う悪い癖とは、なんでしょうね」

信平は想像もできなかったが、光行が狩衣の袖を引く。

「あれはな、若い燕《つばめ》が好きなのじゃよ。そういう顔をしておる」

などと言って笑ったが、光音にいやそうな顔をされ、慌てて口を閉ざした。

三

この夜、禁裏の北側にある今出原中将の屋敷に、一人の小者が戻った。

裏庭で頬かむりを取った小者は縁側に歩み寄り、片膝をつく。

「妙高様」

襖が開けられ、信平が比叡山で出会った男・百済妙高が出てきた。部屋には、青の直衣《のうし》をまとった中年の男・中将実成がいて、鋭い眼差しで様子を見ている。

妙高が小者に問う。

「わたしの予言どおり、毒消しに優れたとめ婆が動いたか」

「はい」

「して、どこに呼ばれた」

「下鴨村の、照円寺裏にある一軒家です」

「誰の家だ」

「村の者に訊きましたところ、道謙なる年寄りと、若い妻が二人で暮らしているとのことです」

「道謙……。知らぬ名だ。何者か」

「村の者とはさして付き合いがないらしく、若い妻を連れた、ただのすけべ爺と申しておりました」

妙高が薄い笑みを浮かべる。

「ただの爺を、左門なる者が頼りはすまい。出入りは」

「守る者が数名おりますが、おとめ婆が帰った後に、明かりが消えました」

妙高はその場で、二本の指を立てた右手を顔の前に上げ、呪文を唱えた。

程なく目を開け、悔しげな顔をする。

「ええい、霧が邪魔で見えぬ」

「力が衰えたのか、妙高」

言いながら出てきた実成に、妙高は場を空けて片膝をつく。

「比叡山で見かけた、鷹司信平の仕業かと。何者かの気とぶつかり、見えませぬ。あの時、斬っておくべきでした」

「信平が上洛する姿が見えなかったのか」

「申しわけ、ございませぬ」

実成は、悔しそうな顔をした。

「これからいかがする。左門と名乗る若い男一人に難儀しておるのに、信平が与《くみ》するとなると、手の出しようがない。これを機に、帝が朝姫を禁裏へ入れられることになれば、我らは手出しできぬ。これまでのことが無駄になるのだぞ」

「ご心配なく。左門に勝る鬼を、丹波より呼び寄せました」

「鬼とは勇ましいが、使えるのであろうな」

「折よく到着したようにございます」

そこへ家来が来て、実成に告げる。

「曾根《そね》と名乗る者が、表に来ております」

「曾根、どこかで聞いた名じゃ」

実成が訊く顔を向けると、妙高は笑みで顎を引く。

「わたしの祖父と同じく、京を追われた家の者にございます」

「聞いたことがある」

「今は、丹波の鬼と恐れられる、曾根兄弟にございます」

うなずいた実成が、家来に顔を向ける。

「よし、これへ通せ」

「はは」

応じた家来が下がって間もなく、二人の侍が廊下を歩んできた。

総髪を乱し、野武士のようないで立ちは、雅な公家の屋敷には不釣り合いだ。

あまりの醜い姿に、実成は、あからさまに不快な顔をした。

「臭い。寄るな」

直衣の袖で鼻を隠す実成に、二人の野武士が鋭い眼差しを向け、黄色い歯を見せて笑った。

妙高が告げる。

「背が高いのが兄の熊寅《くまとら》、弟は鷹寅《たかとら》と申します」

実成は、見くだした眼差しを向けている。

「このような野武士が、左門と信平に勝るとは思えぬが」

黄色い歯を見せていた熊寅から笑みが消え、目つきが変わった。その刹那大刀を抜き、くるりと刀身を回して下に向けるや、廊下の板を貫いた。

目を見張る実成の目前に、引き抜いた刀を突きつけ、弟に告げる。

「鷹寅、大ネズミがおるぞ」

応じた鷹寅が身軽に飛んで庭に下り、縁側の下をのぞく。

「兄者、お見事」

嬉々《きき》とした目をして引きずり出したのは、黒装束をまとった忍びの者だ。

腹から血を流して苦しんでいる曲者に、実成が目を見張る。

「まさか、所司代の手の者か」

妙高がうなずく。

「朝姫を攫われたことが江戸に届けば、いかに所司代といえどもただではすみませぬので、必死に捜しているのでしょう」

「所司代は、わたしを疑っているのか」

「清子《きよこ》姫が東十条博成《ひろなり》殿に恋心を抱き、殿が嫁がせたいと願われたことは、朝廷から所司代の耳に入っているはず。その恋敵の朝姫が攫われたとなると、真っ先に疑われても不思議ではございませぬ」

実成の顔に怒気が浮かんだ。

「お前なら、間者が忍んでいたことを気付いていたはずだ。この者たちの腕をわたしに見せるために、放っておいたのか」

「お見せするのは、これからです」

妙高が指を横に振るや、無理やり座らせている忍びの背後で鷹寅が抜刀して一閃《いっせん》し、鞘に納めた。

喉の皮一枚でつながっている忍びの首が胸の前に垂れるのを見た実成が、凄まじい剣技に満足し、鋭い眼差しを妙高に向ける。

「朝姫を、殺せるのだな」

「お任せください」

「そのあかつきには、金を倍払う。急げ」

「はは」

妙高はきびすを返し、案内役の小者と、曾根兄弟を従えて屋敷を出た。

家来たちが骸を運び出し、庭を清める。

部屋に入った実成のところへ、雅な着物をまとった娘が渡ってきた。

「清子、いかがした」

「先ほど、禁裏に忍ばせている者から報せが届きました。参内された東十条様が、わたくしの文をお受け取りくださったとのことにございます」

「おお、それはよい。狐の子よりもそなたのほうがふさわしいと、東十条殿も分かっておられるのだ」

「帝は何ゆえ、わたくしの恋を壊してまで、朝などを東十条様に嫁がせようとなさるのです」

「それはな、狐の子が帝の娘だからだ」

清子は目を見張った。大きな目に涙が浮かび、人を憎むこころが映る、醜い顔になる。

「それでは、勝ち目がございませぬ」

「そのような顔をするな。朝姫は帝の娘なれど、半分は卑しい女の血が流れておる。

東十条殿も、本心はそなたを望んでおられるはず。それゆえ、文を受け取られたのだ」

「なれど、帝の娘に違いはございませぬ。東十条様のおこころは、朝にお向きになられていましょう。どうして早く教えてくださらなかったのですか。知っていれば、文など書きませせぬ」

取り乱す清子を、実成は抱き寄せた。

「父に任せておけ。お前を必ず、東十条家に嫁がせてやる」


夜道を歩みながら、妙高から実成の思惑を聞かされた曾根兄弟は、鼻先で笑った。

「偉そうで気に食わない男だ。妙高、よう仕えておるな」

兄の熊寅が言い、弟の鷹寅が唾を吐く。

「娘をちらと見たが、あれは上玉だ。宮仕えなどやめて、丹波に攫って帰ろうぜ。酒《しゅ》呑童子《てんどうじ》のように、近くにおいて眺めながら酒を飲むのも、またよし」

妙高が鼻で笑う。

「お前たちは刀を使わせれば右に出る者はおらぬが、頭が悪すぎる。わたしが今出原に仕えているのは、先の先を見ているからだ」

「そいつはなんだ。いいことがあるのか」

振り向いて訊く熊寅に、妙高は微笑む。

「東十条博成は、いずれ関白になる。いや、清子が嫁いだあかつきには、このわたしが、鷹司家に取って代わらせる。関白になれば五摂家と対等となり、清子が姫を授かれば、帝の妃《きさき》とするのも夢ではない。清子を利用して東十条家に取り入り、いずれは禁裏に入る。そうなれば、お前たちをわたしの配下に入れてやろう。丹波の田舎で暮らすよりは、よほど、おもしろいことができようぞ」

鷹寅が首をかしげる。

「まるで、道が決まっているように聞こえる」

「道は作るものだ。わたしにはそれができる」

鷹寅は、解《げ》せないようだ。

「この世を回しているのは徳川だ。禁裏へ入ったとて、何もできやしないと思うが」

「わたしは政《まつりごと》などに興味はない。禁裏に入り、百済の名を高めることができさえすれば、それでよい」

鷹寅は、憫笑《びんしょう》を向けた。

「そのために、許嫁《いいなずけ》を捨て、村を捨てて出てきたのか」

妙高が立ち止まり、鋭い眼差しを向けた。

放たれた気を受けた鷹寅が飛びすさり、鯉口を切る。

熊寅が割って入り、鷹寅の柄を押して鞘に納め、妙高に厳しい眼差しを向ける。

「ここでやり合っても、なんの得にもなりゃしねぇ」

妙高は、気を静めた。

「二度と、女のことは言うな」

「悪かった」

鷹寅が素直にあやまり、頭を下げた。

妙高が、不機嫌に言う。

「お前たちは、京に返り咲きたいと願いつつ亡くなった、祖父と親の望みを叶《かな》えたいとは思わぬのか。曾根家は、元は公家であろう」

熊寅が睨んだ。

「大昔のことなんざ、どうでもいいのだよ。親父《おやじ》はそれに執着するあまり、抹殺されたのだ」

「その怨《うら》みを晴らすために、剣術を体得したのではないのか」

妙高の言葉に、熊寅は薄い笑みを浮かべる。

「百済家を含め、京を追われた曾根家の一族を守るために祖父が編み出した剣術だが、われら兄弟は、金のために人を斬っている。血に飢えた鬼だと人は恐れるが、そのとおりだ。人を斬ると、血がたぎる。京に返り咲くことなどに興味はない。あんたに与するのは、金をもらい、人を斬れるからだ。そこを間違えるな」

妙高は目をつむり、長い息を吐く。

「金は払う。朝姫の息の根を止めろ」

鷹寅が、唇をなめた。

「どうせ殺すなら、おれたちにくれ。帝の娘を丹波に連れて帰り、兄者の妻とすれば、いずれ帝の血を引く子が生まれる。その時こそ、曾根の者が京に帰る時だ」

「おお、それはよい」

熊寅が賛同し、妙高に笑みを向ける。

「どうだ。殺すよりはよほどよかろう」

「好きにしろ。ただし、姫の周りにいる者は、一人残らず殺せ。姫が生きていることを、帝に知られてはならぬ」

「そうと決まれば、必ずや、姫をいただく。鷹寅、ぬかるな」

「おう」

曾根兄弟は笑みを交わし、妙高に従って夜道を急いだ。

鴨川の橋を渡っていた時、前から御用ちょうちんを持った一団が来た。

野武士のような身なりをした曾根兄弟を見た役人が、険しい顔で呼び止める。

「そこの四人。止まれ」

役人が背後に回り、退路を塞ぐ。

声をかけた役人が、十手を向けた。

「このような夜中に何をしておる」

妙高が前に出た。

「怪しい者ではございません。さる御公家の姫に取り憑《つ》いた生霊を祓《はら》い、家路についたところでございます」

「陰陽師か。名は」

「口止めをされておりますので、お許しを」

「そうはいかぬ。名乗れ」

「ご容赦を」

「名乗らぬとは怪しい奴。さては盗《ぬす》っ人《と》だな。皆の者構わぬ、こ奴らを捕らえよ」

「めんどくせぇなぁ」

鷹寅が言い、唾を吐くや、振り向きざまに抜刀して振るう。

六尺棒を構えていた小者の首が飛び、棒をにぎったままの身体が横に倒れた。

「おのれ！」

叫んだ役人が刀を抜こうとした手が斬り飛ばされ、胸を突かれる。

呻いて倒れる役人を尻目に立つ鷹寅の姿に、小者たちは悲鳴を上げた。

「鬼だ」

「逃げろ」

御用ちょうちんを捨てて逃げようとした二人を追う鷹寅は、背中を斬り、脇差を抜いて投げた。

首を貫かれた小者が呻いて振り向き、喉を押さえて欄干に下がり、頭から川に落ちた。

舌打ちをした鷹寅が、脇差の鞘を抜いて、妙高を囲む小者に投げつけた。

熊寅はすでに五人斬り、残るは、妙高と対峙する三人のみ。

曾根兄弟の剣に恐れをなしている三人は、手が震えている。

武士の面目のため、役人が妙高に斬りかかった。

妙高は顔色一つ変えずに一撃をかわし、腰の太刀を抜いて背中を斬り、背後から斬りかかった役人の一撃をかわし、振り向きざまに腹を斬り払った。

一人残った役所の小者が六尺棒を捨てて川に飛び込もうとしたが、追った熊寅に背中を斬られ、断末魔の悲鳴をあげて欄干にもたれかかり、ずるずると倒れた。

「急ぐぞ」

妙高は案内役の小者を促し、曾根兄弟と共に橋を渡り、照円寺の裏に向かった。

「あそこです」

小者が示す先に、月夜に浮かぶ家がある。

熊寅と鷹寅はためらうことなく敷地に入り、裏に回った。

後に続いた妙高が、目を閉じて気を探る。そして、怒りの眼差しを小者に向けた。

「中に何も感じぬ。逃がしたのか」

小者は焦った。

「火が消えてしばらく様子を見ていましたが、誰も出てきませんでした。眠っているはずです」

「突っ込めば分かることよ」

鷹寅が言い、熊寅と目配せをして雨戸を蹴り破った。

縁側に飛び上がり、外障子を開けて押し込む。

程なく、別の障子を開けて熊寅が出てきた。

「もぬけの殻だ。妙高、居場所が見えぬのか」

言われるまでもなく、力に頼って探っていた妙高が、苛立《いらだ》ちの声をあげる。

「ええい、見えぬ。何者かが邪魔をしておる」

「誰だ。思い当たらぬのか」

「分からぬ。いや、待て。信平が連れていた女かもしれぬ」

「何者だ」

「今見ている」家に残っている気を探った妙高の顔に怒気が浮かぶ。「ここは、信平の師匠の家だ」

鷹寅が驚いた。

「なぜ分かる」

「家に残っている気を探れば、目の前に見える。道謙は、信平の師匠だったか」

厄介だという妙高の言葉に、曾我兄弟が顔を見合わせた。

鷹寅が訊く。

「我らが斬り殺す姿が見えておろう」

妙高は、鋭い眼差しを向けた。

「お前たちが斬られる姿は見えぬ」

「ならば、早く見つけ出せ」

熊寅に言われて、妙高は気を辿《たど》った。

「見えた。奴らは今、祇園社の裏手に暮らす陰陽師・加茂光行の屋敷にいる」

「ならば行って、皆殺しにしてやる」

「待て、加茂の屋敷に朝姫の姿が見えぬ。探られると分かっていてここから加茂家に逃げたなら、我らを誘う罠《わな》かもしれぬ」

「望むところだ。先ほどと同じように、皆殺しにしてやる」

血気にはやる鷹寅に、熊寅が厳しい眼差しを向ける。

「朝姫がおらねば意味がない」

「くそ」

苛立つ鷹寅を横目に、妙高が気を探った。

「屋敷の中で見えぬ場所があるゆえ、結界を張り、朝姫を隠しているに違いない」

鷹寅が笑みを浮かべる。

「それで十分だ。行くぞ」

「待て、相手は陰陽師だ。屋敷に迂闊《うかつ》に入れば、わたしの力が封じられるやもしれぬ」

「見つかりさえすれば、妙高の技はいるまい。何を恐れる」

「技を封じられ、そこに朝姫がいなければ、見つけ出すことが難しくなる。加茂家の屋敷に朝姫がいるなら、なんとしてもそこから出さねば」

慎重な妙高に、鷹寅が苛立つ。

「ええい。ぐずぐずしていると、夜が明けてしまう」

「焦るな。策を授ける」

妙高は手招きして、曾根兄弟をそばに寄らせた。

四

鈴蔵が加茂家の屋敷に戻ったのは、朝の五つ頃（八時）だった。

夜明け前に、下鴨村の方角の空が不気味に赤くなったので、信平に命じられて見に行っていたのだ。

神妙な顔で廊下に座った鈴蔵が、信平に告げる。

「光音殿がおっしゃったとおり、道謙様の家が焼かれていました」

信平は、目をつむった。

「ご苦労だった。師匠には、麿が伝える」

鈴蔵が続ける。

「帰る途中で、所司代様と出会いました。道謙様の家と知り、馬を馳《は》せられたそうです」

「うむ」

「その所司代様から、これを殿に渡してほしいと、頼まれました」

膝の前に置かれたのは、抜身の脇差だ。

「これは？」

「夜回りをしていた役人と小者合わせて十二名が、鴨川の橋で皆殺しにされたそうです。この脇差は、川に落ちた小者に刺さっていたものだそうです」

頼母が鈴蔵に訊く。

「所司代様は、何ゆえ殿にお見せせよと」

「鍔《つば》に彫られた菩薩《ぼさつ》から、丹波の鬼と知られた極悪人、曾根兄弟のものと判明したらしく、油断されませぬようにとのこと。朝廷に怨みを持つ一族の者だそうで、所司代はかねてより監視していたそうですが、隠密《おんみつ》目付を殺し、姿を消していたそうです」

「曾根兄弟……」

頼母は脇差を持ち、信平に眼差しを向ける。

「朝廷を怨むとは、何者でしょうか」

「見せよ」

「はは」

向けられた黒鉄《くろがね》の鍔には、菩薩が透かし彫りされている。

信平は鈴蔵に訊く。

「師匠の家を焼いたのも、曾根兄弟とやらか」

「生きていた者が、今わの際に、川上に向かうのを見たと言い残したそうです」

信平は顎を引いて鈴蔵をねぎらうと、道謙の部屋に行った。

起きて茶を飲んでいた道謙が、険しい顔を向ける。

「わしの家であったか」

信平は座り、両手をついた。

付き添っていたおとみが驚き、狼狽《ろうばい》した。

「みんな、燃えてしまったのですか」

「はい」

「いやです、いやですよ」

たちまち涙があふれた。道謙との思い出が詰まった家だけに、おとみの悲しみは深い。

「申しわけございませぬ」

頭を下げる信平に、道謙が言う。

「お前のせいではない。法皇様から、嵐山《あらしやま》の寮で暮らすようすすめられておったゆえ、住むところはある。おとみ、泣くな。こういうこともあろうかと、荷造りをしてきたのだ」

「焼けてしまったと思えば、やはり悲しくて、寂しゅうございます」

「わしは、お前さえおればよい。嵐山の寮はな、下鴨村より暮らしやすいぞ。山河の景色を眺めながら、二人で湯に入ろうではないか」

「お前様ったら、こんな時に」

泣きながら微笑むおとみの手を道謙がにぎり、さすった。

「寮にはの、良い湯《い》があるのじゃよ。身体を癒やしたいと思うていたゆえ丁度よい。あとのことは弟子に任せて、今からまいるか」

「どうか、そうしてください」

信平が頼むと、おとみは涙をぬぐい、両手をついた。

「取り乱して、申しわけございません」

「いや……」

首を振る信平に、道謙が厳しい眼差しを向ける。

「朝姫を、頼むぞ」

「必ずお守りします」

「ここも危うい。いっそのこと、禁裏に入るか。わしが法皇様に文を書く」

「家に火をつけたのは、丹波の鬼と言われる曾根兄弟。丹波の曾根と言えば……」

信平の言葉に道謙が驚き、険しい顔で顎を引く。

「覚えておったか」

「はい。その昔、法皇様が遠ざけられた公家」

「さよう。曾根中将は、もはやこの世にはおるまいが、土地の者が崇拝し、血を引く者がおると聞いている。丹波の鬼とは、いかがしたことか」

「所司代殿が隠密目付に監視させていたそうですが、鬼と言われるからには、悪行を重ねているものと思われます。光音殿の予言は、曾根兄弟のことではないかと。朝姫を狙う者に与しているならば、禁裏にも、ためらうことなく押し込んできましょう。師匠の家のように火をつけられては、日ノ本の一大事」

「禁裏に来るか」

「鬼ゆえに」

道謙は、険しい顔でうなずいた。

「禁裏もそうだが、ここが襲われては、光行に申しわけない。どこぞ、人目につかぬところに朝姫を移せ。お前の屋敷はどうだ」

「逗留している屋敷は町中ですので、騒ぎになります」

「では、わしが暮らしていた比叡山の庵《いおり》はどうじゃ」

「使わせていただいてもよろしいですか」

「よいも何も、長らく行っておらぬ。好きにするがよい」

「では、そうさせていただきます」

信平は頭を下げ、朝姫の部屋に行った。

廊下で声をかけると、将仁が障子を開けた。

「姫のお加減は」

「おかげさまで、起きられるようになりました」

襖をさらに開けると、布団で身を起こしていた朝姫が、頭を下げた。

将仁が言う。

「薬がよく効いています」

顎を引いた信平が、道謙の屋敷が焼かれたことを教えた。

将仁は、こころ苦しそうな顔で頭を下げる。

「道謙様には、申しわけないことをしました」

「姫のお命を狙う側に、丹波の鬼と言われる曾根兄弟がいる。ここも危ないゆえ、比叡山に逃れることとした。姫、お辛いでしょうが、我らと同道を願います」

共にいた光音が、信平に顔を向けた。

「姫のことで、わたしに妙案がございます」

策を言おうとした光音を制した朝姫が、ためらいがちな顔を信平に向ける。

「今のままでは、わたくしを追う者は、どこに行こうが命を狙いにまいります。帝が、東十条家との縁組をなかったことにしてくだされば、嫉《ねた》みも消えましょう。一日も早く、破談にしてくださることを願います」

信平は、朝姫を見つめた。

「東十条博成殿は、帝の覚えめでたきお方。これからは、朝廷の重責を担うお方と噂され、羨望の眼差しを向けられていると聞きます。帝が、破談にされましょうか」

「将仁殿に攫われたことで、わたくしの身は穢《けが》れたと、禁裏では思われているはず。帝もきっと、破談にしてくださりましょう」

朝姫は、枕の下から文を取り、居住まいを正した。

「信平様、この文を、帝にお届け願えませぬか」

信平は、朝姫の心中を察した。

「将仁殿に狐を遣わされたのは、毒の恐怖から逃げるためではなく、攫われ、穢されたと思わせ、東十条家との縁組をなきものにするためですか」

朝姫は目を泳がせ、うつむいた。

将仁は、そんな朝姫を気にして、信平に顔を向ける。

「何をおおせか。姫は毒を盛られた恐ろしさのあまり、わたしを頼られたのです」

「信平様がおっしゃるとおりです」

朝姫の声に、将仁が目を見張った。

「朝……、何を言うている」

朝姫は、目に涙を浮かべている。

「村から禁裏へ召し出され、東十条様に嫁ぐことが決まった日から嫉妬の目を向けられ、わたくしのこころは、塞いでいきました。そばに仕えていた女房たちからも、仕打ちを受けていたのです。毒を飲まされて身体が苦しくなった時は、そのまま死んでもいいと思いました。けれど、朦朧《もうろう》とする意識の中で将仁様のお顔が見え、呼び戻されたのです」

朝姫は、将仁に眼差しを向けた。

「あなた様の優しい笑顔で息を吹き返したわたくしは、広く冷たい屋敷の中で、孤独に死にたくないと思いました。その時、村で共に暮らしていたこの子が、わたしのそばに来てくれたのです」

丸まって眠っている狐をなでる朝姫が、信平に言う。

「人はわたくしを、狐の子と蔑んだつもりでしょうが、そう言われて嬉しゅうございました。辛い時も、この子がそばにいてくれましたので。そしてこの子のおかげで、将仁様に助けを求めることができました」

朝姫の気持ちを初めて知ったのだろう、将仁は動揺しつつも、表情には喜びが浮かんでいる。

信平は、朝姫から文を受け取り、訊いた。

「お命を奪わんとするのは、今出原中将ですか」

朝姫は驚いた。

「どうして、そう思われるのですか」

「比叡山に来た追っ手が、今出原家に仕える陰陽師・百済妙高と思われますので」

「そうですか」朝姫は目を閉じ、悲しそうな眼差しを信平に向けた。「東十条様との縁組がなくなれば、清子様のお気持ちも静まりましょう」

「清子様……」

「どうか、文を帝にお届けください」

胸に何かを秘める朝姫の眼差しは、深く訊くことを拒んでいる。

信平は、黙って引き受けた。

「これより関白殿下にお願いにまいりましょう。将仁殿、麿が戻るまで、ここを守ってくれ」

将仁は、引き締まった顔で顎を引く。

「この命に代えて、皆様をお守りします」

信平は立ち上がり、光音と共に、皆がいる部屋に戻った。

佐吉と頼母に屋敷を守るよう命じ、鈴蔵には、今出原家の動きを探るよう命じた。

そして信平は、光行に顔を向ける。

「光音殿が感じられたとおり、師匠の家を焼かれました。ここにも魔の手が伸びる恐れがございますので、師匠と共にお逃げくださいい」

光行が、信平を見据える。

「加茂光行も見くびられたものだ。曾根兄弟だか丹波の鬼だか知らぬが、魔物を恐れて、陰陽師が務まるものか。心配するな、ここはわしらで守る」

光音が、笑顔で信平にうなずいて言う。

「お留守のあいだに曾根兄弟が近づけば、皆様と共にここから逃げます。お早いお帰りを。もしも帝が拒まれましても、朝姫をお助けする策が、わたしにはございます」

「それは、何だ」

訊く信平に、光音は耳打ちした。

明るい顔をする光音に、信平はうなずく。

「帝がお認めにならぬと、見えているのか」

「帝のことは分からないのです。ですから、策を申しました」

「では行ってまいるゆえ、支度をして待っていてくれ」

信平はそう言うと、一人で屋敷を出た。

四条橋で鴨川を渡り、およそ四半刻で鷹司家の屋敷に到着した信平は、関白房輔と二人きりでの対面を願った。

家人から報せを受けた房輔は、朝姫のことと察したらしく、信平は、人払いをされた部屋に通された。

待つこと程なく、現れた房輔に頭を下げた信平は、突然の訪問を詫《わ》び、これまでのことを明かした。

朝姫のことを聞いた房輔は、驚きを隠せない様子で、戸惑いがちに言う。

「確かに禁裏では、攫われた朝姫は穢れたという声が、ちらほらとございます。されど中には、東十条家に嫁ぐことを拒み、逃げられたのではないかという者もいました。もしやと思うておりましたが、左門はやはり、幼馴染みでございましたか」

「ご存じですか」

「詳しくは知りませぬが、朝姫がまだ幼き頃、生みの母と隠棲《いんせい》なされた土地に、仲の良い男がいるとは、聞いておりました。共に手を取って屋敷を出られた朝姫が、何ゆえ信平殿を頼られたのです」

「初めは、道謙様を頼るつもりだったようです」

信平は、左門の正体を明かした。

綾辻家と道謙の因果を信平から聞き、房輔は目を見張る。

「その将仁なる者、信じてよろしいのですか。騙《だま》されてはおりませぬか」

「その答えが、これに記されておりましょう。朝姫からの文です。何とぞ、帝にお渡しください」

房輔は、信平が差し出した文を見つめて考えていたが、穏やかな眼差しを向けた。

「承知しました。これからまいりましょう。戻るまで、ここでお待ちを」

信平は両手をついて、頭を下げた。


部屋で待つこと一刻、房輔は戻ってきた。

「長らくお待たせしました」

そう言って部屋に入った房輔は、浮かぬ顔で信平の前に座る。

信平は礼を言い、答えを待った。

居住まいを正した房輔が、ふっと肩の力を抜き、ため息交じりに言う。

「帝は、お嘆きです」

信平は、朝姫の心情を察して訊く。

「朝姫は、将仁殿と添いたいと、書かれていたのですか」

房輔は、首を横に振る。

「望んで外へ出たことゆえ、縁組のことは忘れてほしいと、したためられていたそうです」

「帝は、お認めに」

「帝は、朝姫が生きているならそれでよいと、さようにおっしゃりましたが、東十条殿が承知されませぬ」

信平は驚いた。

「東十条殿のお耳に入ったのですか」

「折悪く、朝姫のことで帝に召し出されていたのです。文を読まれた東十条殿は、何があっても、朝姫を妻にしたいと願われました。賊に穢されたなどという噂は気にしないとも言うておられたが、わたしには、意地になっておられるとしか見えぬ」

「それで、帝がお嘆きに」

房輔は首を横に振る。

「帝がお嘆きあそばしたのは、文により、朝姫に毒を盛った者がいることを知られたからです」

そう言うと、房輔は辛そうな顔でうつむいてため息を吐き、眼差しを向けた。

「信平殿」

「はい」

「朝姫を助けてほしいと、帝がおおせです」

「もとよりそのつもりで、今調べています」

「誰が、朝姫の命を狙《ねろ》うているのです」

「確たる証《あかし》を得ておりませぬが、今出原中将ではないかと」

「なんと」

房輔は目を見張った。そしてすぐに、納得した顔をする。

信平は訊いた。

「覚えがございますか」

房輔が深刻な顔で顎を引く。

「帝が、東十条家に朝姫を嫁がせたいとおおせになる前は、博成殿と今出原殿の御息女清子殿は、文を交わす仲だったと聞いています。今出原殿は、東十条殿を再三屋敷に招かれておりましたので、ゆくゆくは夫婦になられるのだと、誰もが思っていたのです」

「帝が割かれたと」

房輔は首を横に振る。

「東十条殿が、清子殿とそのような仲であることを、帝はご存じなかったのです。噂を知られて取りやめにされようとなされたのですが、東十条殿が、朝姫をもらい受けたいと、懇願されたのです」

「それで、朝姫がお辛い目に」

「聞いておられますか」

「詳しくは、知りませぬ」

「清子殿はいたく嘆かれ、命を絶とうとされたという噂が禁裏に届き、悲恋を憐《あわ》れむ者たちの目が朝姫に向けられ、食事に虫を入れるのはまだよいほうで、時には、寝間に毒蛇を忍ばせるなどの陰湿な仕打ちがあったと聞いています。これを知られた帝が、朝姫の身を案じられ、禁裏の外の屋敷に出されたのですが、程なくお身体を悪くされました。まさか、毒に苦しんでおられたとは」

信平は目を閉じ、朝姫の辛い気持ちを思う。

「朝姫は、すべてをご存じの上で、破談を望まれたか」

「おそらく、そうでありましょう」

朝姫らしいと言う房輔に、信平が眼差しを向ける。

「東十条殿は、何ゆえ聞かれませぬ」

「清子殿とは、もともとそのような仲ではないと、申されていました。今出原殿に何度断ってもしつこくされ、清子殿から届けられる文にも、迷惑していると」

信平はうなずいた。

「今出原殿は、朝姫さえいなければ、東十条殿が清子殿に目を向けてくれると思い、お命を狙うのでしょうか」

「恋敵とひと言でくるほど、甘いことではないようです」

「まだ、何か」

「今出原殿は、公家衆で知らぬ者がおらぬほど野心に満ちたお方。帝の覚えめでたい東十条殿に娘を嫁がせたいのは、先で関白になられると噂されているからです。今のうちに、縁を結んでおきたいのでしょう」

「東十条殿はそれに気付いておられるから、朝姫との縁組を望まれましたか」

「このことが今出原殿の耳に届けば、朝姫はより危うくなるでしょう。信平殿、頼みます」

「承知しました。では、これにて」

信平は礼を言い、早々に加茂の屋敷へ帰った。

五

薄暗い庭にうずくまる女から禁裏のことを聞いた清子は、色白の顔の眉間にしわを寄せ、目を吊《つ》り上《あ》げている。

怒りで顎を小刻みに震わせながら女に向ける眼差しは、嫉妬の鬼と化したこころを表すように、醜い光を宿している。

「おのれ朝め。己を弱者に見せて気を引きよったか。東十条様も東十条様じゃ。賊に攫われ、穢れた狐の子などに執着するとは」

肩に触れられた清子がその手を払って振り向き、妙高に鋭い眼差しを向ける。

「触るな、汚らわしい」

妙高は悪びれることなく、薄い笑みを浮かべる。

「これは失礼。肩に鬼の手が見えましたもので」

「何を言うか」

「嘘《うそ》ではございませぬ。青白い手が地の底から現れ、肩に取り憑いておりました」

「ひっ」

恐怖に顔を引きつらせ、慌てて打掛を脱ぎ捨てる清子の姿に、曾根兄弟が顔を見合わせ、嘲笑を浮かべた。

知らぬうちに部屋に入っていた曾根兄弟に気付いた清子が驚き、打掛を手繰り寄せて抱え、身体を隠す。

「誰の許しで入ったのです。出ていきなさい」

下がる清子に、妙高が歩み寄る。

「まあそう言わずに。姫が嫉妬の鬼にこころを奪われそうになっておられるゆえ、祓って差し上げましょう」

「鬼などおらぬ。寄るな」

「祓うのは、嫉妬の元となっている朝姫のことですぞ」

清子は目を見張った。

妙高が薄笑いを浮かべる。

「朝姫さえこの世から消してしまえば、東十条殿は清子様に向いてくれましょう」

「あのような男、もうどうでもよい」

「お父上は、なんとしても清子様を嫁がせよと、きつくお命じです。清子様はそれでも、東十条様をあきらめるのですか」

清子は、迷った顔をした。

妙高が言う。

「この兄弟はしくじりません。必ず朝姫を葬ります」

ちらと曾根兄弟を見て清子が、妙高に眼差しを向ける。

「朝姫の居場所が、分かったのですか」

「こうしていても、わたしの目の前に朝姫が見えております。隠れ場所も見えておりますので、これからこの者たちと、首を取りにまいる所存です」

「朝姫の首を、いつわらわに見せてくれるのです」

妙高は、目を細めた。

「見たいのですか」

「わらわを苦しめた朝姫の顔を、切り刻んでやりたい。憎い、憎くてたまらぬ」

「こころ穏やかに待たれませ。必ずや、持ってまいりましょう。そのかわり、頼みがございます」

清子は、いぶかしげな顔をした。

「わらわにできることですか」

妙高は、薄い笑みを浮かべた。

「できますとも。あなた様が東十条家に嫁がれたあかつきには、この百済妙高を、あなた様のおそばにおいていただきとうございます」

「わらわの？」

「さよう」

「何ゆえ、父上の元を離れるのです」

「あなた様のためです。東十条博成様は容姿端麗ゆえ、禁裏に仕える女官や女房たちのみならず、公家の姫からも絶大な人気。そのようなお方と縁組が決まれば、朝姫に向けられた嫉妬が、清子様に向けられましょう。死の呪い、生霊、御身にふりかかるあらゆる災いから、この妙高がお守りいたします」

「ふふ、あははは」清子は表情を一変させ、愉快そうに笑った。「さすがは妙高。父上が見込んだだけのことはあります。いいでしょう。わらわと共に、この家を出なさい」

「お約束ですぞ」

「父上には、わらわが申し上げます」

「では、朝姫の首を取ってまいります」

妙高は曾根兄弟に顎を振り、清子の部屋から出た。

清子が庭に顔を向け、女に言う。

「近《ちこ》う寄れ」

「はい」

歩み寄った女が縁側の近くに座り、頭を下げる。

手箱を持った清子が縁側に出て、女の前に投げた。

「ご苦労でした。中に礼金が入っています。お前はもう、禁裏に戻らずともよい」

手箱を引き取った女が立ち上がり、頭を下げて庭から去った。

清子は部屋を出て、父・実成の部屋に渡った。

実成は家来と話をしていたが、清子に気付くと、家来を下がらせて迎えた。

「清子、喜べ、朝姫の居場所が分かった。東十条殿とのことは、何も心配するな。この父が、必ず添わせてやる」

「先ほど、妙高から聞きました。父上、朝姫のことが終わりましたら、妙高を追い出してください」

実成が驚く。

「何ゆえそのようなことを申す」

「妙高と曾根兄弟の目が、いやなのでございます。あの者たちは必ず、父上に災いをもたらしましょう」

実成は清子を見つめ、ほくそ笑んだ。

「さすがはわたしの娘じゃ。よう見ておる」

「お気付きでしたか」

「妙高がお前を利用しようとしておることなど、お見通しよ。ことが終われば、朝姫殺害の罪を奴に着せればよい。今も、家来とその話をしておったところじゃ」

清子は、底意地の悪い笑みを浮かべた。

二人は、板一枚を挟んだ頭上に潜む者に、まったく気付いていない。

暗い天井裏で耳を澄ませているのは、鈴蔵だ。

今出原親子のたくらみを信平に告げるために、鈴蔵は音もなくその場を去り、屋根裏から出た。

禁裏の北に並ぶ公家の屋敷は、日が暮れても明かりが少なく、武家屋敷にくらべひっそりしている。

瓦の屋根を走り、人がいない路地に降り立った鈴蔵は、加茂の屋敷ではなく、比叡山の庵に向かった。

路地を走る鈴蔵が大通りに出ると、物陰から、熊寅と鷹寅が現れた。

「あのネズミは、比叡山で信平といた男だ」

背後で妙高が教えると、熊寅がほくそ笑む。

「妙高にかかっては、間者などすぐに見つかる。奴を見失うな。行先《いきさき》に、朝姫がいるはずだ」

「言われるまでもない。我が手の者が、後をつけている。目印を辿れば、隠れ家に着く」

妙高が先に立ち、曾根兄弟が続いた。


「見える。手に取るように見えるぞ」

妙高は、目印を追って比叡山の山道を登る途中で朝姫を感じ取り、呪を唱えていた。

「もはや、ネズミなど追わずともよい。朝姫は、この先の分かれ道を左に行ったところに隠れている」

坂を戻ってきた熊寅が、妙高に言う。

「間違いないのだな」

妙高が、じろりと睨む。

「わたしの力を知っておろう」

熊寅は空を見上げた。

「ならば力を見せてみろ。月が邪魔だ。雲で隠せ」

「たわけ、いかにわたしとて、そのようなことはできぬ」

「こんな山の中に隠れるところがあるのか。寺はもっと上のはずだ。小屋でもあるのか」

「人の気を感じるのみ。建物までは見えぬ。ついてこい。朝姫のところに連れて行ってやる」

「待て。本気で、朝姫の首を取るのか」

訊く鷹寅に、妙高が振り向く。

「見たであろう。清子は嫉妬の鬼と化している。首を差し出さねば、わたしをそばにおいてくれぬ。お前たちのためにも、朝姫の首を取れ」

「仕方ない。案内しろ」

「急ぐぞ」

妙高は先に立ち、熊寅と鷹寅を連れて山道を急いだ。

分かれ道を左に行き、竹林の中の道を進む。

一陣の風にざわつく竹の葉に目を向けた鷹寅が、足を止めた。

「いかがした」

訊く熊寅に、鷹寅がふっ、と息を吐く。

「何かいたような気がしたが、違っていた。それにしても、不気味な山だ」

熊寅が笑った。

「気が立っているようだな。お前らしくもない」

鷹寅は不機嫌に言う。

「人を斬りたくて、うずうずしているだけだ」

「あと少しだ。行くぞ」

「おう」

曾根兄弟は歩きはじめた。

雑木林の道に入ると、どこかでふくろうが鳴いた。

分かれ道を左に進み、さらに細い道を歩いていくと、朽ちた鳥居があった。今にも倒れそうだが、長いあいだこのまま立っているように見える。

熊寅は立ち止まり、鳥居の奥に顔を向ける。

「妙高、祠《ほこら》がある。あそこではないのか」

「ここではない。もうすぐそこだ」

妙高は振り向きもしないで言い、闇に姿が見えなくなった。

熊寅は闇を睨み、鷹寅と共に追う。背中が見えたので駆け寄ると、妙高が立ち止まった。

気配に気付いた曾根兄弟が、山に鋭い眼差しを向ける。すると、潜んでいた八人の侍が現れ、妙高に片膝をつく。

「いたか」

訊く妙高に、侍が頭を下げた。

「屋敷に忍んでいた者は、この先の庵に入っていきました」

妙高は、月明かりに浮かぶ庵を睨む。

「確かに、朝姫の気を感じる。お前たち、気付かれていまいな」

「はい」

「では、まずはお前たちが行け。信平は剣の達人ゆえ、曾根兄弟に任せろ」

侍たちは立ち上がり、庵に向かって走った。

閉《た》てられている板戸の隙間からもれる明かりが、細い光の筋となって地面を照らしている。

光の筋を顔に当てた侍が、鋭い眼差しを向けて油断なく歩み寄り、鯉口を切って抜刀し、戸を蹴り倒した。

中に斬り込もうとして、目を見張る。

「なんだ、これは」

「どうした」

背後から来た仲間に顔を向け、枯草に覆われた庭に入った妙高に言う。

「誰もいません」

歩み寄った妙高が、燭台《しょくだい》の横に置かれている木像に目を見張る。

「まさか、魂移《たまうつし》」

「どういうことだ」

訊く熊寅に、妙高は悔しげな顔を向けた。

「木像に気を閉じ込め、身代わりとする技だ。加茂家の者に、これができようとは」

「つまりは、まんまと騙されたということか」

熊寅が言う横で、鷹寅が侍の脇差を抜き、闇に投げた。弾《はじ》き飛《と》ばす音と共に火花が散り、それを合図に、周囲にちょうちんの明かりが灯《とも》された。

浮かび上がる白い狩衣に、妙高が怒りの顔を向ける。

「おのれ信平。謀《はか》ったな。朝姫はどこにいる」

「お前の力では見えぬところだ」

歩み出る信平の前に、侍たちが立ちはだかる。

信平の横に、将仁と佐吉が並んだ。

「朝姫に手出しはさせぬ」

言う将仁を、妙高が睨む。

「左門、よくもわたしの邪魔をしてくれたな。憎い奴だが、朝姫の居場所を言えば、命を助けてやる」

「わたしの名は、綾辻将仁だ。妙高、朝姫を狙うお前を許さぬ」

「惚《ほ》れているなら、どこか遠いところに逃げればよかろうに、何ゆえ京にとどまる」

「わたしと姫は、そのような仲ではない」

「まあいい。お前たちが死ねば、姫を始末するなどたやすいことだ。相手は三人だ。やれ」

妙高が命じ、侍が刀を構えて迫る。

佐吉が信平を守って出るや、大太刀を抜いて侍の刀を弾き飛ばし、峰打ちに倒した。

別の侍が信平に斬りかかる。

一撃をかわし、左手の隠し刀で相手の手首を傷つけた信平は、前に飛び、斬りかかる別の侍の刃を頭上にかわして、狐丸の柄で腹を打つ。

倒れた侍に代わって、二人の侍が同時に斬りかかる。

飛びすさってかわした信平は、将仁をちらと見た。

妙高に向かおうとした将仁が曾根兄弟に阻まれ、二人を相手にしている。

気を取られた信平の隙を突いて、二人の侍が斬りかかった。

信平は狐丸を振るい、流れる太刀筋で二刀を同時に弾き、一人は脛《すね》を斬り、もう一人は腕を斬って傷を負わせた。

呻いて倒れる二人を見もせず、信平は、曾根兄弟の凄まじい剣で劣勢に追い込まれている将仁を助けに走る。

妙高が背後から投じた鎖に気付いた信平は、左腕で咄嗟《とっさ》に受けたのだが、手首に巻き付いた鎖を引かれ、足を止められた。

「邪魔はさせぬ」

叫んで抜刀した妙高が、猛然と斬りかかる。

太刀筋鋭い斬り込みを、信平は紙一重でかわした。飛びすさろうとしたが鎖で引き戻され、下から振るわれた刀が頬をかすめた。

「殿！」

佐吉が残り一人の侍を峰打ちに倒し、妙高に迫った。

気を取られた妙高のわずかな隙を見逃さぬ信平が、地を蹴って飛ぶ。

妙高は、迫る信平を斬り上げたが、それより早く、狐丸で肩を打たれた。

骨を砕かれた妙高が呻き、刀を落としてうずくまる。

信平は鎖を引いて奪い、将仁に斬りかかろうとしていた鷹寅に投げた。

刀に絡みついた鎖を引き、鷹寅が信平を睨む。

将仁がその隙を突いて斬りかかった。

だが鷹寅は刀から手を離し、将仁の一撃を右腕で受け止めた。

鈍い音がした。

鷹寅は、鉄の手甲をつけていたのだ。

目を見張る将仁は、わずかに生じた隙を熊寅に突かれた。

振るわれた一刀に、無意識に刀を向けたのだが、右肘から先が切断され、刀をにぎったまま腕が落ちた。

将仁は必死の形相で脇差を抜き、熊寅の腹に突き刺そうとしたのだが、手首をつかまれ、蹴り飛ばされた。

追って刀を振り上げ、将仁を斬ろうとした熊寅は、迫る信平に向き、刀を打ち下ろす。

狐丸で受け流した信平が、腹を狙って振るう。

飛びすさってかわした熊寅が、鋭い眼差しで笑みを浮かべる。

「見かけによらずやるな」

鷹寅が唾を吐いた。

「我らに勝てると思うな」

無言で曾我兄弟と対峙する信平の横に、佐吉が並ぶ。

「将仁殿を頼む」

信平は言うや、猛然と出た。

鷹寅が前に出る。するとその背後で熊寅が走り、鷹寅の肩を踏み台に跳躍した。

上と下から同時に迫る曾根兄弟に、信平が狐丸を振るう。

鷹寅が鉄の手甲で狐丸を弾き、頭上で回転した熊寅が刀を振るい、信平を襲った。

息の合った攻撃を信平はかわし切れず、肩を浅く斬られた。

飛びすさって間合いを空けた信平は、両手を広げて構え、曾根兄弟を見据える。

曾根兄弟は左右に分かれて迫り、挟み撃ちに襲ってきた。

左から殴りかかる鷹寅の手甲から隠し刀が伸び、信平の首を狙う。

右から襲う熊寅は、足を狙って斬り上げた。

信平はその場で身体を回転させ、左の隠し刀と狐丸で兄弟の刃を受け流し、突っ込んできた鷹寅の後ろ首を狐丸で払い、峰打ちに倒した。

対峙した熊寅が、倒れた鷹寅に目を見張り、信平を睨む。

「なんだ、今の技は」

信平は狩衣を振るって正面に向き、鋭い眼差しを向ける。

「秘剣・鳳凰の舞」

落ち着きはらった声に、熊寅が顔を引きつらせた。

「おのれ！」

熊寅が刀を振り上げて迫り、斬りかかった。

信平は前に飛んで熊寅の胴を打ち払い、振り向いて狐丸を構える。

空振りした熊寅は、刀を落として腹を抱え、両膝をついてうずくまると、そのまま気絶した。

「鈴蔵」

信平の声に応じて庵の中から現れた鈴蔵が、駆け寄る。

「この者どもを縛り、見張っておれ」

「承知しました」

信平は将仁に駆け寄る。

佐吉が、苦しむ将仁を押さえ、切断された腕の血止めをしていた。

「このままでは命が危うい。山を下りよう」

「承知」

佐吉は将仁を背負い、信平に続いて山を駆け下りた。

六

一夜が明けた京では、所司代の与力が率いる者たちによって捕縛された妙高と曾根兄弟が市中を歩む姿に、通りが騒然となった。

妙高はともかく、曾根兄弟の姿が醜かったからだ。

「見るんじゃねえ！」

鷹寅が叫んだが、仲間を殺された役人が六尺棒で腹を打ち、黙らせる。

曾根兄弟は、庵から山を下りるあいだ汚い口をきき、そのたびに役人に殴られ、顔が赤黒く腫れあがっている。

道端に寄っている町の者たちは、下々の者のことに親身になり、京の治安をよくしてくれたことで人気がある所司代・板倉重矩の配下たちを鴨川の橋で斬殺した下手人だと噂し、まるで鬼だ、化け物だ、と罵り、忌み嫌う眼差しを向け、中には石を投げる者がいた。

鷹寅は、黄色い歯をむき出して怒ったが、役人に打ち据えられ、引きずられて行った。

このことは、今出原の屋敷にも伝わり、所司代の手の者が来ると焦った実成は、京から落ち延びるため、わずかな金を詰めた袋を手に、清子を連れて逃げようとした。

だが、屋敷の裏口から外へ出た親子の眼前に、陣笠《じんがさ》をつけた板倉が立ちはだかった。

「今出原殿、どこに行かれる」

「い、いや、その……」

今出原はとぼけてきびすを返したが、役人が逃げ道を塞いだ。

「父上」

清子がおびえた。

今出原は娘を引き寄せ、板倉に向く。

「わたしを捕らえれば、門を守る役目の所司代、貴殿の失態も公になりますぞ」

「はて、面妖なことを申される。何のことか」

「決まっておりましょう。賊に門を破られ、朝姫を攫われたことだ」

板倉は目を細めた。

「そのようなことがございましたのか」

いけしゃあしゃあと言う板倉に、今出原が目を見張る。

「わたしを捕らえに来たのではないのか」

「さよう。捕らえにまいった。妙高と曾根兄弟を雇うたのは今出原殿、あなたですな」

今出原は、口を閉じた。

板倉が厳しい眼差しを向ける。

「今出原中将とその娘清子、それがしの配下十二名を斬殺させた罪で捕らえる」

「待て、あれは妙高と曾根兄弟が勝手にしたこと。わたしと清子には関わりない」

「言いわけは、所司代屋敷でされよ」

今出原は顔を引きつらせ、清子は泣き崩れた。

所司代に捕らえられた今出原親子は言い逃れをしたが、妙高と曾根兄弟が白状したことで悪事が明らかになり、厳しく罰せられた。


一方、嵐山にある道謙の寮に身を寄せていた朝姫は、帝から禁裏に入るよう求められたのだが、傷の痛みに苦しむ将仁のそばを離れようとせず、説得をしに来た道謙に、両手をついて頼んだ。

「わたくしは、生涯をかけて将仁様のお世話をしとうございます」

道謙は、困り顔を信平に向ける。

「黙っておらずに、何か申せ。妙案はないのか」

信平は、道謙に考えを伝えた。

「帝に言上できますお方は、法皇様しかおられぬかと。その法皇様にもの申せるのは、道謙様のみ」

道謙は目を細めて笑みを浮かべた。

「では法皇様に会いに行く。供をせい」

「はは」

信平は、道謙が乗る駕籠に付き添い、仙洞御所《せんとうごしょ》に向かった。

御所に入る道謙を見送った信平は、駕籠のそばに片膝をついて待った。

微動だにせず、目を閉じていると、どこからか鶯の声がして、流れる風の中に、梅の香りがする。

半刻経《た》たぬ間に、道謙が出てきた。

「急ぎ帰る」

それだけ言うと、道謙は駕籠を使わず門を出た。

健脚の道謙は、信平を置いて嵐山に向かう。

追いついた信平が、どうだったのか訊くと、道謙は振り向きもせず、

「いいから早く来い」

そう言って帰路を急いだ。

慌ただしく嵐山の寮に戻り、朝姫と将仁の前に座った道謙は、息も上がっていない顔を二人に向け、優しい笑みを浮かべた。

「朝姫、法皇様が、そなたを引き取るそうじゃ。東十条家に嫁がせぬ代わりに、将仁と二人で、そばに仕えよとのことじゃ」

「二人で……」

「うむ。今は夫婦になるのは難しかろうが、二人で法皇様のそばにおれば、帝も、娘の命の恩人を無下にはされまい」

朝姫は、目に涙を浮かべ、道謙に頭を下げた。

道謙が、背後に控える信平に膝を転じる。

「どうだ。満足か」

信平は、両手をついた。

「さすがは師匠。これで、こころおきなく江戸に戻れます」

「いつ発つのだ」

「明日の朝、発ちまする」

そう言って頭を下げる信平に、道謙が寂しげな眼差しを向けた。

第三話　藤沢宿の嵐

一

鷹司信平たちが京を発ち、十二日が過ぎた。

東海道の道中は天気に恵まれ、足止めをされることもなく藤沢宿の手前まで帰ってきた。

宿場の道しるべを見た頼母が、馬上の信平に顔を向ける。

「もうすぐ藤沢宿に入ります。その後川崎宿まで行って泊まりますと、明日はいよいよ、江戸に着きます」

頼母はいつもの真顔だが、声は機嫌がいい。

すると、前を歩いていた佐吉が振り向いた。

「殿。まだ日が高いですし、藤沢宿でひと休みしませんか。どうしても、行きたいところがございます」

「ふむ。どこに行きたいのじゃ」

「白旗明神《しらはたみょうじん》に、参詣しとうございます」

頼母が訊く。

「上洛の旅路で、白旗明神の道しるべを見ましたが、あの神社は名所なのですか」

おう、と応じた佐吉は、目を輝かせて言う。

「白旗明神には、義経公《よしつねこう》と弁慶の伝説があるのだ」

かつて四谷《よつや》の弁慶と呼ばれていただけのことはあり、佐吉はこの地の伝説を知っていて、得意顔で教えた。

義経といえば、平家が滅びた源平合戦の最大功労者であるが、実の兄・源頼朝《みなもとのよりとも》に無断で、朝廷から官位を受けたことで兄弟仲に亀裂が生じ、やがて、頼朝の策で朝敵にされ、追われることになった。

義経は、家来と共に奥州《おうしゅう》を目指したのだが、衣川《ころもがわ》の合戦で弁慶を喪《うしな》い、ついに、平泉で自害した。

義経と弁慶主従《しゅじゅう》の首は、奥州藤原氏《ふじわらし》の重臣によって鎌倉に送られたのだが、一夜にして、藤沢の地へ飛来した。

平家との合戦で獅子奮迅《ししふんじん》の働きをした義経と弁慶のことを軍神と崇拝する風潮もあったことで、怪奇を知った鎌倉の人々は、祟《たた》りを恐れた。

事態を重く見た頼朝は、義経を弁慶と共に藤沢の地へ祀り、以来数百年、ところの者たちから崇《あが》められている。

「ぜひとも、義経公が祀られている神社に参詣させてくだされ」

佐吉に頭を下げられた信平は、その気になった。

「せっかくゆえ、皆で参拝いたそう」

「はは」

喜んだ佐吉はきびすを返し、大股で歩みはじめた。

神社に向かう途中、道端で苦しんでいる老翁と、介抱している若い娘が信平の目にとまった。

「おじいさん、どこが苦しいの？　え、おなか、おなかが痛いの？」

腹痛を訴えられた娘が、困り顔を周囲に向けている。

「佐吉」

「はは」

信平に応じた佐吉が、頼母を誘って駆け寄り、老翁を介抱している娘の手助けをした。

鈴蔵が馬を引いてそちらに向かい、信平と離れて老翁の様子を見に行った。

信平が馬上で待っていると、鈴蔵が戻ってきた。

「娘が申すには、老翁は先日宿場で起きた火事で焼け出された者らしく、悪い物でも食べたのではないかと」

「それは気の毒なことじゃ。薬を」

「あいにく、今切らせています」

「佐吉が飲んだか」

「はい」

佐吉は三日前に泊まった宿の水が合わず腹を痛めていたのだが、薬でなんとかごまかして、旅をしていた。

今朝になって嘘のように治ったと言い、藤沢まで来たところで神社に行きたいと願う佐吉の様子に安心した矢先に、老翁と出会ったのだ。

「薬を求めに、宿場まで麿が行ってまいろう」

馬の口を引いている鈴蔵に手を離させ、手綱を引いて馬の鼻を転じさせた時、折よく、旅の薬売りが歩いてくるのが目にとまった。

「鈴蔵、あれに見えるは薬屋じゃ」

信平が鞭《むち》で示す先に目を向けた鈴蔵が、呼びに走る。

話を聞いた旅の薬売りは、鈴蔵に従って急ぎ足で来ると、信平に頭を下げ、馬先を横切って老翁のところに向かった。

薬売りは老翁にじっくり話を聞き、腹に手を当てて具合を診ると、荷物を解き、薬を取り出した。

「これを含みなさい」

黒い粒を四つ口に入れてやり、竹筒の水で飲ませた。

老翁は一息つくと、

「ありがとう存じます」

薬屋に手を合わせて拝んだ。

薬屋が訊く。

「身寄りはないのかい」

「ええ、独りです。家が焼けてしまったものですから、野宿などをして過ごしていたのですが、このように年寄りですからどうにもならず、寺の世話になりに行くところでした」

　すると娘が、老翁の肩に手を添えた。

「わたしも行くところでしたから、ご一緒しましょう」

　老翁が、嬉しそうに振り向く。

「本当かい。いいのかい」

「いいですとも。歩けるかしら」

「薬を飲んだら少し楽になった気がするから、歩けるさ」

　よっこらしょ、と言って立とうとした老翁が、尻もちをついた。

　娘が支えたが、立てそうにない。

　佐吉が振り向いたので、信平が顎を引く。

　応じた佐吉が、老翁に言う。

「腹が痛いのはよう分かる。無理をするな。わしが連れて行こう」

　手を差し伸べると、老翁が恐縮した。

「とと、とんでもないことです。旅のお武家様にご迷惑をおかけしては、藤沢者の名が廃《すた》ります」

　数多《あまた》の大名旗本が立ち寄る宿場町に暮らす者の誇りだろうか。老翁はかたくなに拒んだ。

立ち上がろうとする老翁に、薬売りが手を差し伸べて助けた。

「わたしと、ゆっくり歩いて行きましょう」

薬売りは急いで荷物をしまい、左の肩にかけた。

信平に顔を向けた薬売りは、

「帰り道ですのでわたしがお連れします」

と言って、老翁に右肩を貸して歩み、寺に向かった。

娘も手を貸し、三人で歩むのを見ていた頼母が、信平の下へ歩み寄って言う。

「佐吉殿と言い、あの老翁と言い、悪い風邪が流行《はや》っているのかもしれませぬので、殿もお気を付けください」

「たまたまであろう。では、神社にまいろうぞ」

「はは」

一行は街道を進んで藤沢宿に入ると、神社に向かった。

表に着くと、鈴蔵が言う。

「馬を置いて行けませぬので、拙者はここでお待ちします」

すると佐吉が、振り向いた。

「後でわしと行こう」

「いえ、拙者はよろしゅうございます。殿のお供を」

「そうか、ならば行くぞ」

「ごゆるりと」

「殿、まいりましょう」

「ふむ」

信平は佐吉に案内され、頼母を供に鳥居を潜った。

参道には、旅の者と、ところの者の姿がちらほらとある。

本殿の前に立った佐吉は、ひときわ大きな拍手の音をさせ、岩壁のような背中を丸めて拝礼した。

参拝を終えたところで、頼母が信平に言う。

「若君のために、武芸と学問のお札を求めてまいります」

頭を下げ、巫女《みこ》がいる売り場に向かう頼母を見ている信平に、佐吉が嬉しそうな顔で言う。

「長年の夢が叶いました」

信平が笑みでうなずく。

「仙太郎の御札《おふだ》もどうじゃ」

「そうします。では」

頭を下げて行こうとした時、町の男二人が歩いてきて前に立ち、信平たちに目を見張った。

「本当だ。義経様と弁慶様だ」

「それみろ、おれの目に狂いはねえ！」

言うや、二人は手を合わせた。

「おい、何を勘違いしておる」

佐吉が言ったが、

「ははあ」

二人はさらに拝む。

これを見ていた者たちが集まり、

「明神様だ！」

「明神様」

騒ぎが大きくなっていく。

このままでは、大ごとになりかねない。

信平は佐吉を伴い、その場から去った。

気付いた頼母が、急いで金を払い、御札を持って走る。

境内から出た信平は、門前で待っていた鈴蔵に先を急ぐと言って馬に飛び乗り、手綱を引いて馬の鼻を転じさせると、追ってくる参拝者たちから逃げた。

追いつけないと分かった参拝者たちは、遠ざかる信平に手を合わせている。

見えなくなったところで馬を止めた信平は、佐吉たちを待った。

走ってきた佐吉が、息を上げて言う。

「間違えられたのは悪い気がしませんが、驚きました。そんなに似ているのでしょうか」

膝に両手をついて息をしていた頼母が、顔を上げた。

「札の売り場に掲げられていた絵を見たのですが、お二人にそっくりでした。ところの者たちは、お二人の姿が絵と重なったのでしょう」

佐吉が、まいったな、という顔をした。

「二人が声をあげて手を合わせたので、皆が思い込んでしまったのか」

頼母が、そうでしょう、と言ってうなずく。

信平は、ここにいては騒ぎになると思った。

「早々に藤沢を離れよう」

「はは」

佐吉が応じて、街道に向かった時、にわかに風が強くなり、怪しかった空が泣きはじめた。

風雨は見る間に激しくなり、次の宿場まで行くには身体が冷えてしまう。

あきらめた信平は、この地で泊まることにした。

風雨の中を急いで宿場に入り、鈴蔵と頼母が手分けをして旅籠《はたご》を探して回ったのだが、急な嵐で旅人たちが駆け込み、一軒の旅籠も空きがなかった。

鈴蔵が言う。

「以前宿を頼んだことがある寺がありますので、そちらに行ってみますか」

信平が返事をするより先に、頼母が口を開く。

「悪い風邪が流行っているかもしれぬ時に身体を冷やすのはよろしくない。急ぎ案内を頼む」

応じた鈴蔵が、馬を引いて案内した。

宿場から少し西へ戻ったところに、その寺はあった。山門に掲げられた一枚板の寺号額には、白字で広行寺《こうぎょうじ》と書かれている。

「立派な寺だな」

佐吉が感心した。

馬を山門の下に引き入れた鈴蔵は、降りた信平に言う。

「開祖は、諸国行脚《しょこくあんぎゃ》の後にこの地へ落ち着いたそうで、初めは小さな荒れ寺だったそうですが、教えを乞うために多くの若者が集まり、このように大きくなったそうです」

門扉は開かれたままだ。

境内から吹く風に乗り、線香の香りが流れてきた。

「ここでお待ちください。寺の者に頼んでまいります」

激しい雨に霞《かす》む境内を走って行く鈴蔵を見送った信平は、眼差しを馬に向けた。大きく、穏やかな目を向けた馬が、信平の手に鼻を近づける。

所司代の板倉が厚意で貸してくれたこの馬とは、江戸でお別れだ。

所司代のことを思う信平の頭に、今出原中将実成のことが浮かんだ。

師・道謙いわく、今出原は官位を剝奪され、京を追放されるだろう。

百済妙高と曾根兄弟によって多くの配下の命を奪われた所司代にしてみれば、元凶である今出原を斬首にしたい気持ちだろうが、それでは事が大きくなる。

所司代は妙高と曾根兄弟を盗賊として罰し、今出原は官位を剝奪し、娘の清子共々、京から追放されるのだ。

それが現実となれば、今出原親子は、どこに向かうのだろうか。

ふと気になった信平は、考えをめぐらせながら所司代の馬を見ていた。音もなく走る鈴蔵の気配を察してそちらに顔を向けると、佐吉が歩み出て訊いた。

「どうであった」

「許しが出ました。まいりましょう」

雨がひどくなる中、信平たちは境内を急いだ。

本堂の軒先で待っていた若い僧侶に案内されたのは、本堂の横手にある宿坊だ。通された十二畳の部屋から見える庭は、苔《こけ》と岩を景色に造園された見事なもので、佐吉の関心を引いた。

僧侶が下がると、頼母が佐吉のところに歩み寄り、下ろしていた挟箱を開けて着替えを出し、信平の前に来た。

「殿、町の者が騒ぐといけませぬので、明日は狩衣ではなく、こちらの旅装束を着られたほうがよろしいかと」

「そういたそう」

「濡れたお召し物をお替えください」

「ふむ」

着替えをしながら、信平は鈴蔵に訊く。

「明日早々に発てば、いつ頃江戸に着くだろうか」

「明け六つに発ちますと、暮れ六つまでには赤坂の御屋敷に着きまする」

「ではそういたそう」

信平は、懐に手を入れた頼母に眼差しを向けた。

心配そうな顔をしている頼母が取り出したのは、神社で求めた御札を入れた袋だ。

開けて小袋を取り出し、

「よかった。濡れていません」

珍しく笑みを浮かべて、信平に差し出す。

受け取った小袋を開けてみると、同じ札が二つ入っていたので、信平は微笑む。

「一つは仙太郎のか」

「はい」

頼母は、ところの者に騒がれて逃げる信平たちを見て、佐吉のために、もう一つ求めていたのだ。

「佐吉、頼母が求めていてくれたぞ」

信平から受け取った佐吉が喜び、頼母に顔を向ける。

「これで神のご加護を賜り、仙太郎は良い武将に育つ。頼母、礼を言うぞ」

「いえ」

真顔の頼母は、住職に礼を述べてくると言い、鈴蔵と部屋を出た。

信平は家来に諸事を任せ、宿坊の部屋から出ることなく過ごした。

食事をすませ、早めの就寝をしたのだが、春の嵐は夜がふけるにつれて激しさを増し、雨戸をたたく風雨の音で、幾度か目がさめた。

住職の空遍《くうへん》和尚と対面したのは、翌朝だ。

雨風が弱くなったので、予定どおり旅立とうとしていた信平は、一宿一飯の礼を述べるべく、和尚の部屋を訪ねた。

客間で迎えてくれた空遍は、齢五十とは思えぬ若々しい人物で、穏やかな顔をしている。

信平は頭を下げ、早々に発つことを告げた。

すると空遍は、浮かぬ顔をした。

「旅を急がれるお気持ちは察しますが、昨夜の雨が近年にない激しいものでござり、ない。

鉄砲水で橋が流されたそうです」

「つい先ほど、檀家《だんか》の者が教えてくれたと言う。

川はさして大きいものではないが、橋を流すほど増水しているなら、歩いては渡れない。

信平が訊く。

「町は、どうなっています」

すると空遍は、己より他人を気づかう信平に微笑み、顎を引く。

「幸い、今朝方雨足が弱まりましたので、田畑の一部が水に浸《つ》かったのみで、人家に害はございませぬ」

「それは、何より」

安心する信平に、空遍が言う。

「橋は下流の物も流されておりますので、道がございませぬ。水が引き、歩いて川を渡れるようになるまで、この寺に逗留されるがよろしい」

「何日かかりましょうか」

「この雨の様子ですと、明日には渡れると思うのですが、こればかりは、なんとも」

「では、お言葉に甘えさせていただきます」

信平は両手をつき、空遍に頭を下げた。

二

雨は激しくならなかったのだが、翌朝になってもやまなかった。

川を見に行った佐吉が戻り、水は昨日よりは減ったものの、歩いて渡るには、流れが強すぎると言う。

昨日空遍和尚が言ったとおり、流された橋は一つではなく、水が引くのを待つしか、対岸に渡るすべはなかった。

報告をした佐吉が、辛そうな顔で両手をつき、頭を下げた。

「わしが、神社に行きたいと願わなければ、今頃は江戸に着いておりました。殿、申しわけございません」

信平は、優しい眼差しを佐吉に向ける。

「季節外れの大雨が降ったのだ。誰のせいでもない。この寺にまいったのも、何かの縁であろう。気にするな」

にわかに、本堂から読経の声がしてきた。

一人や二人ではなく、大勢での読経の声に、信平は立ち上がり、宿坊の渡り廊下に向かう。

本堂で読経しているのは、町の者だろうか。須弥壇《しゆみだん》の前に並ぶ僧侶たちと声を合わせ、一心に読経している。

通りがかった寺の小者が、先日の火事で焼け出された者が集まり、亡くなった者たちの供養をしているのだと言うので、信平は宿坊の表に回り、本堂に向かって座ると、読経を聞きながら瞑目《めいもく》した。

旅籠が並ぶ宿場からは、焼けた場所が見えなかった。

佐吉が信平の背後に座り、告げた。

「川を見に行った時にその町を通りましたが、商家と長屋を合わせて三十数件が焼けたそうです」

信平は横顔を向ける。

「火事はどうして起きた」

「田んぼのあぜ焼きの火の粉が風に飛ばされ、藁ぶきの屋根に火がついたらしく、そこから一気に広がったそうです」

信平はうなずいた。

「それは、気の毒じゃ。良い天気が続いていたのが、あだとなったか。春は風が強いゆえ、火事は恐ろしい」

頼母が言う。

「腹を痛めていた老翁は、この寺にいるのでしょうか」

「だとよいが。無事でいることを願う」

そう答えた信平は、法要を終えて本殿から出た者たちに眼差しを向けた。

町の者たちは、小雨の中に出ると、境内を歩いて裏手に向かっている。信平たちとは別の宿坊で寝泊まりしているのだ。

目で追った佐吉が、感心して言う。

「多くの修行僧がいる寺ですから、その上に町の者たちを養うのはたいへんでしょうね」

信平がうなずき、頼母に眼差しを向ける。

「手持ちからはいかほど出せる」

「寄進をされますか」

「うむ」

頼母は賛同し、即座に答えた。

「江戸まであと一日ですので、小判を十枚ほど出せまする」

「では、空遍和尚にお渡しいたせ」

「はは」

頼母は頭を下げて立ち去った。

そこへ、馬の世話を終えた鈴蔵が戻ってきた。信平がいる廊下に駆け寄り、一度境内に振り向き、眼差しを向けた。

「妙な男が境内に入ってきました」

「妙とは」

訊く佐吉に、鈴蔵が言う。

「境内をうろつき、人の顔をじろじろ見ています。誰かを捜しているのか訊きましたところ、何も言わずに立ち去りました」

佐吉が顎を引く。

「怪しいな。どのような者だ」

「歳は三十路で、身なりから旅の侍と思えます」

「藤沢の火事を聞いて、身内か知り合いを捜しに来たのであれば、声がけに応じてもよいようなものだ。逃げるとは、確かに怪しいな。殿、焼け出された幼い子供を狙う人攫《ひとさら》いかもしれませぬぞ」

信平は佐吉に顎を引き、眼差しを鈴蔵に転じる。

「そのような様子だったのか」

「分かりませぬ。拙者の目には、大人の男の顔を見ているだけだったようにも思えます」

信平はうなずく。

「ともあれ、声をかけて何も言わずに立ち去ったとなると、用心に越したことはない。寺の者の耳にも入れておくように」

「承知しました」

鈴蔵は下がり、寺の者に伝えに向かった。

午後になり、寺には雨宿りと一泊の宿を求める者が大勢訪れた。川止めのために、行き場を失った旅人たちが寺の噂を聞き、助けを求めてきたのだ。

これにより、信平たちがいる宿坊も人であふれ、にぎやかになった。

空遍のはからいで、信平たちが他の者たちと部屋を同じにすることはなかったのだが、あぶれた者たちが部屋の前の廊下にいるので、やりにくい。

信平は、ちらり、ちらりと部屋の中を見る旅の夫婦を入れてやり、それを機に他の者たちも招き、部屋はいっぱいになった。

部屋の中は、雨に濡れて旅をしてきた者たちの匂いでむせかえるようだ。

佐吉たちと端へ寄っていた信平は、遠慮をする者たちに気をつかい、外の空気を吸いに行くと言って部屋を出ると、本堂に渡って表の廊下に座り、境内を眺めた。

境内を歩く男二人が、案内の小僧に、どこもかしこも人であふれていると話しながら、信平の前を通り過ぎて行った。

そうした中、編み笠をつけた旅の侍が目にとまった。

小雨の中、黒い袴《はかま》の股立ちを取り、蓑《みの》をつけた侍が、境内に入ってくる人の様子を見ている。

気付いた佐吉が、信平の横に来た。

「殿、あの者……」

「うむ。鈴蔵が申していた者だろうか」

侍は、若い男が通るたびに前を塞ぎ、

「お顔を拝見」

と言って、編み笠に手を伸ばし、あるいは下からのぞいて、顔を確かめている。

「麿には、人を捜しているように見える」

「わしも、怪しい者には見えませぬ。鈴蔵の早合点《はやがてん》でしょう」

「同じ者ならばな」

「念のため鈴蔵に確かめさせます」

佐吉が呼びに行こうと立ち上がった時、信平が見ている前で侍がふらつき、うずくまるように倒れた。

尋常でない様子に信平は立ち上がり、境内に飛び降りて駆け寄る。

「おい、いかがした」

声をかけて仰向けにさせると、侍は顔を赤らめ、息を荒くしている。

高い熱があるようだ。

「どうされました！」

女の声に振り向くと、道端で老翁を介抱していた娘だった。

娘も信平と佐吉に気付き、あの時の、という顔で頭を下げ、歩み寄る。

「熱があるようだ」

信平が教えると、娘は侍の額に手を当てた。

「これはいけません。町からお医者様が来られていますので、診ていただきましょう。歩けますか」

声をかけたが、侍は苦痛に顔をゆがめて答えない。

「佐吉、運ぶぞ」

「承知」

信平に応じた佐吉は、侍の腰から刀を抜き、信平に預けた。そして侍の手を引いて肩にかけ、おぶって立ち上がった。

「こちらです」

先に立つ娘に案内されたのは、火事で焼け出された町の者が身を寄せていた、裏手の宿坊だ。

信平たちが借りているのより広い宿坊には、百人近い人がいた。

着の身着のまま逃れてきた者たちの中には、髪が焦げ、焼けて穴が開いた着物そのままの者や、やけどを負って苦しんでいる者たちがいる。

奥へ案内する娘に従って行くと、老婆の腕の傷を見ている医者がいた。

そのそばに、道端で出会った老翁が眠っていたので、信平は娘に訊いた。

「薬屋はいないのか」

「そのお方でしたら、気の毒だとおっしゃって、残りの薬をすべて置いて行かれました」

佐吉が感心した。

「殊勝な者だな」

「ありがたいことにございます」

娘はそう言って、医者に歩み寄る。

「先生、高い熱で倒れたお方をお連れしました。診てあげてください」

顔を向けた若い医者が、病人をおぶっている佐吉に眼差しを向け、厳しい顔をする。

「こちらにどうぞ」

降ろす場所を示された佐吉が、侍を横にさせた。

侍が目を開け、佐吉に手を合わせた。

「かたじけのうござる」

「いや……」

佐吉が首を振る。

侍の手を取り、脈を診た医者が、喉を調べ、額に手を当てて難しい顔をする。

「風邪ではないようだ。どこか痛いところはありますか」

「いいえ。旅の疲れが出たのでございましょう。少し横になれば、治ります」

苦しそうな息づかいの侍は、医者から信平に眼差しを転じた。

「拙者、松方主馬《まつかたしゆめ》と申します。お助けくださり、かたじけのうございます。あなた様のお名前を、お教え願えませぬか」

「鷹司信平と申す」

「なんと……」

主馬は信平の名を知っていたらしく、起きようとしたので、信平が止めた。

「無理をしてはならぬ。横になりなさい」

「はは」

辛そうな顔を天井に向けた主馬は、きつく瞼を閉じて、唇を震わせた。

その表情が、ここに至るまでの苦難を物語っている。

気になった信平は、医者が出した薬を主馬が飲むのを待ち、落ち着いたところで訊いた。

「松方殿は、人を捜しておられるのか」

すると主馬が、恐縮した。

「わたしのような下僕に、お気づかいは無用でございます」

「ここでこうして出会ったのも、神仏の導きであろう。苦難のわけを、麿に話してみぬか」

　主馬は涙ぐんだ。

「わたしは、備後《びんご》新山藩《にいやまはん》・羽須美《はすみ》家に仕える者でございます。今は、出奔した若を捜して旅をしています。この藤沢で見たというのを耳にしたものですから、昨日来たのですが、川が増水して渡れなくなっていると知り、もしや出会えるのではないかと思い、方々を捜しておりました。こちらの寺に人が集まっていると聞き、まいったのでございます」

「朝も来られたか」

「はい」

　鈴蔵が言っていたのはこの男だと分かり、信平は安心した。

　そして訊く。

「捜している若君のお名は」

「羽須美謙二郎《けんじろう》と申します」

「どのようなお方だ」

　訊く信平に、主馬は不思議そうな顔をした。

「動けぬそなたに代わり、麿と家来が捜そう」

信平の言葉に、主馬は目を見張った。

「めっそうもございませぬ。あなた様はおそれおおくも――」

「松方殿、その先は……」

首を振り、将軍家縁者であることを口に出そうとしたのを止めた信平は、笑みを浮かべる。

「こうして川止めで動けぬゆえ、遠慮はいらぬ。若君のことを教えてくれぬか」

主馬は切羽詰まった顔をした。

「よろしいのですか」

「うむ」

「若は、面長の顔をしておられます。眉は太めで、色白ですが、精悍《せいかん》な面立ち。今年で、二十歳になられました。背丈はさほど高くはありませなんだが、お父上は背丈がございますので、似ておられますと、あちらの、僧侶ほどになられているかもしれませぬ」

主馬は、怪我人の世話をしている若い僧侶を指し示した。

医者が、僧侶に目を向けていた娘の様子に気付き、いぶかしそうな顔をした。

「おみち、悲しそうな顔をしていかがした」

訊かれた娘が、驚いた顔を向けた。

「いえ、なんでもないです」

動揺を隠せない様子のおみちを見ていた医者が、首をかしげ、若い僧侶に顔を向けた。

「紹俊《ろしゅん》殿」

「はい」

振り向いた紹俊は、医者の手招きにうなずき、肩を貸していた町の怪我人を他の者に任せて歩み寄った。

「先生、なんでしょう」

「確か、この寺には新入りがいたな」

「空安《くうあん》のことですか」

「そう、空安殿だ。背丈は確か、おぬしほどだったたな」

「少しだけ、空安が高《たこ》うございますが、それが何か」

「歳は」

「二十歳と聞いておりますが」

主馬が目を見張った。

「それは、まことにございますか」

紹俊が不思議そうな顔を向ける。

「はい。二十歳だと聞いています」

主馬が必死の顔をする。

「空安殿と、会わせてください」

「あいにく、今はおりませぬ」

紹俊の言葉に、主馬が焦った。

「旅に出られたのですか」

「いいえ。焼け出された者たちのために何かしたいと言い托鉢《たくはつ》に出たのですが、川向こうの檀家まで行くと言うておりましたので、戻ってこられないのでしょう。一つ、お聞かせください」

「なんなりと」

「先ほど、若君とおっしゃっていたのが聞こえたのですが、出奔されたのは、いつでございます」

「六年も前のことです」

紹俊は困惑顔をしたが、はっきりと告げた。

「空安は、半年前に入門し、空遍和尚から一字をもらって空安を名乗っておりますが、寺に来る前のことを訊いても、何も教えてくれませぬ。ですが、空安は所作正しく、字も達筆でございますので、寺の者は皆、元武家だと思うておりまする」

主馬が目を見張る。

「それはまことですか。元侍とお思いですか」

熱く迫る主馬に、紹俊は戸惑った顔で顎を引く。

「はっきりそうだとは言えませぬが」

「いつ戻られましょうか。川は、いつ渡れましょうや」

「この空模様ですと明日には渡れましょう」

「戻られましたら、それがしがここにいることは伏せて、そっと顔を見させてください。一目拝むことが叶えば、本人かどうか分かりますから」

「承知しました」

紹俊は約束して、怪我人の世話に戻った。

おみちは、不安そうな顔をしている。

すると医者が、おみちに探る顔を向けた。

「さてはおみち、空安がこちらのお侍の捜し人ではないかと心配しているな」

「ち、違います」

「嘘はいかんぞ。連れて行かれたら寂しいと、顔にそう書いてある」

手で頬を触るおみちに、医者は笑った。

「おみちお前、やはり空安に惚れているな」

おみちが驚いた顔を向けた。

「違います、そんなんじゃ……」

うつむくおみちに、医者は追及の手を緩めない。

「やはりそうなのだな」

「違いますってば」

おみちは立ち上がり、紹俊のところへ行ってしまった。

医者は主馬に向き直って、心配そうに訊く。

「もしも空安殿がお捜しの若君であれば、どうされます」

主馬は目をつむって長い息を吐き、遠くを見るような眼差しを天井に向けた。

「むろん、江戸に連れて帰ります。若には、新山藩一万石・羽須美家を継いでもらわねばなりませぬ」

「そういうことですか」

医者は、仕方のないことだと思ったらしく、ゆっくり休むよう言い、他の怪我人の治療に戻った。

信平は膝を進め、声を潜める。

「お世継ぎが出奔とは、尋常ではない。ここに至ったわけを、聞かせてくれぬか」

すると主馬は、ふたたび目を潤ませ、信平に顔を向けた。

「若は、羽須美家の次男でございますので、今はまだ、お世継ぎではございませぬ。十四歳の夏に、国許《くにもと》で馬の遠乗りに出たのでございますが、供の者を置き去りに馬を馳せ、行方が分からなくなったのでございます」

主馬は信平に、隠さず話した。

六年前、謙二郎の小姓頭だった主馬は、出奔を止められなかった責任を取って切腹しようとしたが、すんでのところで、当時の国家老に止められていた。

刃物を取り上げた国家老は、若を連れ戻せ、それまでは死ぬことも、国へ戻ることも許さぬ、と、きつく命じたのだ。

主馬は、それから六年ものあいだ、謙二郎を捜して日ノ本中を旅していた。年に一度、正月には江戸の藩邸を訪れ、情報を交換していたのだ。

そして、七年目に入る今年の正月も、いつもと同じ二日に藩邸を訪れた主馬は、思わぬことを知らされていた。

ここまで言ったところで、主馬は急に、口を閉ざした。

「具合が優れぬなら、またにいたそう」

信平はそう気づかい、立ち去ろうとしたのだが、主馬が身体を起こした。

「お待ちください。お捜しいただけるなら、やはり聞いていただきたく存じます」

座り直した信平は、主馬に横になるよう促した。

素直に横になった主馬は、ふたたび天井に眼差しを向ける。

「わけあって、若には江戸の藩邸にお入りいただかなくてはならぬようになったのです。若が不在の今、我があるじ大和守《やまとのかみ》が身罷れば、羽須美の本家筋が絶えてしまいます。それを知ったわたしは、なんとしても若を見つけ出さねばと焦り、あてもなく西国へ向かいました。大坂を捜し、もしや国許におられるかもしれぬと淡い期待を抱いて向かいましたところ、立ち寄った津山城下で再会した行商の口から、若の面影がある者を藤沢宿で見かけたと聞き、急ぎ戻ってきたのです。あと少し、あと少し、と思い夜通し歩いたのが祟り、このようなざまに……」

主馬は辛そうに目を閉じた。

羽須美家の事情を知らぬ信平は、世継ぎのことが気になりはしたが口にせず、黙っている。

　主馬は程なく目を開け、意を決した眼差しを信平に向けた。

「江戸家老は、若が見つからないのを理由に、分家から養子を迎えることを進めようとしています。時がないのでございます。信平様、お願いにございます。それらしき者がおりますれば、ここにお連れくださいませぬか」

　信平は顎を引き、訊いた。

「時がないというのは、どういうことか」

「あるじは江戸家老の進言を受け入れ、参勤交代の日程を早めて国許を発つとの報せが届きました。すでにこちらへ向かっていますので、時がございませぬ。あるじが江戸に入り、公方様《くぼう》に拝謁が叶えば、甥御《おいご》が養嗣子と決まってしまいます」

　信平はうなずき、主馬に言う。

「ではこれから捜してみよう。そなたはここで、養生いたせ」

　主馬は信平に手を合わせた。

「かたじけのうございます。よろしく、お頼み申します」

　宿坊を出た信平は、本堂にいた空遍に事情を話し、空安のことを訊いた。

　しかし空遍もやはり、空安の過去を知らなかった。それでも、仏門に入りたいと願う者を黙って迎えていたのだ。

六年ものあいだ捜して旅をしていることに胸を痛めた空遍が手を貸すというので、信平は寺の者と手分けをして、寺のみならず、宿場にも出向いて、それらしき人物を捜した。

そして、同じ年頃、同じ背格好の若者をようやく二人見つけて主馬に見せたが、どちらも別人だった。

そのうちに日が暮れ、残された望みは空安のみとなった。

元侍ではないかという寺の者たちの憶測が、今の主馬にとっては、一縷《いちる》の望みだった。

三

翌朝、寺に川止めが解かれた報せが届いた。

泊まっていた旅の者たちが歓喜し、次々と寺を出ていく。

廊下から空を見ていた頼母は、信平のもとに来ると、真顔で告げた。

「殿、雲行きがよろしくありません。先を急がなければ、また雨が降ります」

「松方殿のことが、どうにも気になる。せめて空安殿が戻るまで、待てぬか」

頼母は目を伏せた。

「そうおっしゃるだろうと思っていました。川向こうの檀家におられたなら、そろそろ戻られるかもしれませぬので、それがしが表を見てまいります」

立ち去る頼母を見て、佐吉と鈴蔵が顔を見合わせ、くすりと笑う。

佐吉が信平に言う。

「なんだかんだと言いつつも、頼母も気になっているようですな」

信平は微笑み、旅の者がいなくなった部屋から出ると、本堂に渡った。

表の廊下に座り、山門へ向かう旅人に眼差しを向けていると、まんじゅう笠をつけ、法衣《ほうえ》をまとった一人の僧侶が戻ってくる姿に目がとまった。

その前を、頼母が歩いている。

空安が旅人にあいさつをされ、まんじゅう笠を取って何か言っている。顔つきは精悍で、意志が強そうだ。仏門の厳しい修行がそうさせているというよりは、武家の気骨が残っているように思えた。

信平に気付いた頼母が、そばに歩み寄る。

「空安殿が戻られました」

「ふむ。ではさっそく」

「はは」

きびすを返した頼母が、空安のもとへ行って促す。

旅人との話を終えた空安が、信平に顔を向けて頭を下げ、頼母に従って裏に回った。

肩には、托鉢で得た物を詰めた袋をかけている。多くの寄付があったらしく、袋は膨れ、重そうだ。

信平は、佐吉と頼母を連れて後に続いた。

空安が裏の宿坊に近づくと、中から子供たちが出てきて、

「空安様だ」

「空安様が戻られた！」

「わあい」

口々に言い、喜び、走って空安に抱きついた。

子供たちに囲まれた空安は、先ほどとは違い、優しい顔をしている。

「お前たち、良い子にしていたか」

それぞれの頭に手を置き、可愛がった。

そして、袋から水あめを取り出し、大喜びする子供たちに分け与えている。

頼母は、囲まれる空安を促そうと歩み寄ったが、子供たちに押し戻され、佐吉に困り顔を向けた。

子供たちの相手をしていた空安は、遠目に見ていたおみちに気付いて笑みを浮かべ、袋をかざす。

「中に食べ物が入っています。皆に分けてください」

頼まれたおみちは、嬉しそうな顔ではいと答え、庭に下りて駆け寄った。

そのあいだに宿坊に上がっていた信平は、主馬に手を貸して起こし、庭が見えるところに連れて出た。

子供たちに囲まれ、笑顔で接している空安を見た主馬は、寂しそうな顔をうつむけ、落胆の息を吐いた。

「まったくの、別人でございます」

「そうか」

信平も残念に思い、主馬を気づかう。

元の場所に連れて戻り、横にさせようとしたが、拒まれた。

「こうしてはいられませぬ。若を捜さねば」

羽織を取り、刀を持って立ち上がったものの、ふらつく主馬。

信平は受け止め、座らせた。

「まだ熱があるようだ。無理をせず養生されよ」

「なんの、これしき」

立とうとしたが、辛そうに目を押さえた。別人だった落胆と疲れが重なり、めまいを起こさせているに違いなかった。

このまま捨ておけぬ。

信平は、せめて今日だけでも、主馬のために謙二郎を捜そうと決めた。

「これより宿場にまいり、若君を捜す。明日までに見つからぬ時は、我らと共に江戸にまいろう」

「江戸に？」

「うむ。しばし我が屋敷で足を止められよ。身体を治さねば、若君を捜す旅が続けられまい」

主馬は右腕を目に当て、声を殺して泣いた。

「ご温情、胸にしみまする。されど、我があるじが江戸に向かっておりますので、時がございませぬ。今日明日には、なんとしても若を捜さねばなりませぬ」

刀を杖《つえ》にして立ち上がった主馬は、信平に頭を下げた。戸口に足を向けた時、上がってきた空安が主馬に歩み寄り、声をかけた。

「羽須美謙二郎殿をお捜しなのは、あなた様でございますか」

主馬が足を止めて振り向き、すがるような顔で訊く。

「いかにもそうです。若をご存じのような口ぶりに聞こえますが」

空安は顎を引いた。

「存じています。今朝までお世話になっておりました」

主馬は目を見張り、ふらつく足で空安に近づき、肩につかみかかった。

「まことか。まことでござるか」

「はい」

「若はどちらにおわす。若のところに、案内してくだされ」

空安は、優しい面持ちで主馬の腕をつかみ、座らせた。

「謙二郎殿は、旅から戻られたばかりですので、ひと月はどこにも行かれませぬ。焦らずともよろしゅうございます。ご案内をする前に、まずはあなた様のお話をお聞かせください」

「わたしの、何を知りたいのです」

「謙二郎殿を捜すお人がおられるということしか聞いておりませぬので、ご無礼を承知でうかがいます。謙二郎殿は、わたしの命の恩人でございますので、誰と分からぬお方をご案内することはできませぬ」

「それはもっともなこと。名乗らず失礼しました。わたしは、若にお仕えしていた松方主馬と申します」

「では、羽須美家のご家中ですか」

「はい。出奔の話は？」

「謙二郎殿から聞いています」

「ならば、今すぐ連れて行ってください。御家のために、若には一刻も早くお戻りいただかなくてはなりませぬ」

「…………」

困ったような顔をする空安に、主馬は額に汗を浮かせ、必死に訊く。

「貴殿は元侍ではないかと、寺の方々は思われているようですが、どうなのですか」

空安は目を伏せ、すぐに上げた。

「さようでございます」

「若が命の恩人とは、何があったのですか」

空安は、穏やかな顔で答えた。

「わたしは、北国のさる御家に仕えておりましたが、主家を失い、浪々の旅をしておりました。田舎侍が主家を失い、国を出ましたところですぐさま生計《たずき》を立てられるはずもなく、持ち金は底をつき、四日も水しか口にすることができず、行き倒れてしまいました。着物は土と垢《あか》に汚れ、見苦しい有様《ありさま》になっていたわたしなどに足を止める旅人はおらず、山の中の道で朽ち果てるものと覚悟していたその時、謙二郎殿が救いの手を差し伸べてくださったのです」

主馬は唇を震わせ、感慨深い顔で顎を引く。

「こころ優しい若の顔が目に浮かびます。若が出奔されたのは十四の時。お一人で苦労なさったはず。先ほど、旅から戻ったばかりとおっしゃったが、若はこの地で、何をしておられるのか」

「謙二郎殿は、諸国を回る薬屋をしておられます」

「まさか……」

信じられないと言った主馬であるが、空安から確かなことだと言われ、辛そうに目をつむった。

おいたわしや、と、声を絞り出し、空安に懇願した。

「薬を売り歩くなど、大名の息子にあるまじきこと。どうでもお戻りいただかなくてはなりませぬ。どうか今すぐ、若のところへ連れて行ってくだされ」

「新山藩のお方となると……、これは、困りました」

戸惑う空安に、信平が訊く。

「何か、都合が悪いことでもおありか」

空安が信平に眼差しを向け、困ったような顔をする。

主馬が詰め寄った。

「空安殿、もしや若は、妻がおありか」

「いえ……」

「では何ゆえ拒まれる」

「謙二郎殿は、お母上と二人で暮らしておられます」

「なんと」

主馬は目を見張った。

「そうでござったか。お母上と……」

「はい。謙二郎殿は、陣屋から追い出された母を捜すために出奔をしたと、おっしゃっていました」

「そこまで、知っておられたか」

主馬は両手をつき、こころ苦しそうな顔で涙を流した。

見守っていた信平は、一つ息を吐く。

「深い事情があるようじゃな」

信平がぼそりと言うと、主馬は涙をぬぐい、こちらに膝を転じた。

「若の母親は、国許に暮らす身分なき者でございました」

信平を信頼している主馬は、すべてを語りはじめた。

それによると、藩主成時《なりとき》が馬の遠乗りに出た際、必ず立ち寄る川があるのだが、ある日、一人の娘が岩場に足を取られて怪我を負い、動けなくなっていた。

近くの村の者だというので、成時は娘を助け、馬に乗せて連れて帰ったのだが、その時恋に落ちた。若き成時の、一目惚《ひとめぼ》れだ。

娘のことが忘れられない成時は、その後も幾度か通い、やがて、二人は結ばれた。

当時藩主だった父親に遠慮して、村に住まわせていた成時は、藩主の座に就いたのを機に、重臣の反対を押し切ってまで、母子を陣屋に入れた。

この時謙二郎は、八つになっていた。

だが、隠居をして陣屋を出ていた成時の父・成沖《なりおき》は、それをよしとしなかった。

成時が江戸に旅立った留守に、陣屋へ戻った成沖は、母親の手から謙二郎を取り上げ、わずかな金を与えて、領外へ追放してしまったのだ。

それからも、大殿として陣屋に居座った成沖は、謙二郎に辛く当たった。

謙二郎はよく耐えていたのだが、世継ぎが江戸の藩邸にいる兄に決まったという報せが届いて程なく、出奔したのだ。

そこまで述べた主馬は、黙って聞いていた信平と空安に、悲しい顔をした。

「国の者たちは若のことを、大殿の仕打ちに耐えかねて逃げたと言うておりましたが、どうやら違っていたようです。若は、大殿に追い出された母を想《おも》い、捜す旅に出られた。空安殿、違いますか」

空安が顎を引く。

「そのとおりです。持ち出した金子は一年あまりでなくなり、馬と刀を売って旅を続けたそうですが、二年が過ぎても母御を見つけることができなかったそうです」

「どのような経緯で、薬屋になられたのですか」

「わたしと同じです。持ち金が底をつき、食えずに行き倒れていたところを旅の薬屋に助けられた謙二郎殿は、旅を続けるために、仕事を手伝いたいと願われたのです」

「母御とは、いつ」

「二年前だそうです。国許を出された母御は、宿場を転々と渡り歩き、信州の宿場でようやく落ち着いて、働いていたそうです。出会われた時は、客と女中としてだったそうですが、母が子を忘れるはずもなく、親子の再会を果たされたと聞いています。ですが、それからまたひと苦労されています。母御は病を患われた時の借財が旅籠にあり、金を返すまで、一年かかったそうです」

「では、ようやくこの地に落ち着かれたのか」

信平が言うと、空安はうなずいた。

主馬は、悲愴な顔をして言う。

「そのようなご苦労をされたお二人は、大殿を、いや、御家のことを恨んでおられましょう」

空安が、厳しい顔で顎を引く。

「ことに母御は、恨んでおられるご様子。初めに住んでいた家からは街道を遠望できたのですが、大名行列が通るたびに、障子を閉めて見えぬようにされていました。そのご様子から、御家を恨んでおられると察せられた謙二郎殿は、街道が見えぬところに家を移られた次第です」

主馬はきつく目を閉じ、長い息を吐いて言う。

「そのようなことでは、若はお戻りくださるまいな」

空安がうなずく。

「無理かと存じます」

主馬が両手をついた。

「それでも、お会いして御家の危機を……」

言いかけて、主馬はうつむいた。

「若は、幸せにお過ごしですか」

「はい。親子二人で、穏やかに暮らしておられます」

主馬は、嬉しそうに顎を引く。

「ご苦労された若の邪魔は、するべきではござらぬか」

空安は、黙って見守っていたのだが、主馬があきらめた様子だったので、立ち去ろうとした。

「お待ちください」

呼び止めた主馬が、懇願の顔を向ける。

「ごあいさつだけでもよろしいので、江戸に帰る前に、若に会わせてくだされ」

空安は、険しい顔を向ける。

「そっとしておいて差し上げたほうが、よろしいと存じますが」

「せめて一目だけでも、大人になられた若のお姿を見とうございます。どうか、頼みます」

頭を下げ続ける主馬のことを哀れに思った信平は、空安に顔を向けた。

「麿からも頼みます。案内をしてくだされ」

空安は、仕方ない、という顔で顎を引いた。

「承知しました。これからまいりますか」

「ぜひとも」

懇願する主馬であったが、まだ熱は下がらず、辛そうだ。

身体を心配した信平は、頼母に町駕籠を雇うよう命じたのだが、頼母がそばに寄り、耳打ちをした。

「寺に十両寄進しましたので、駕籠を雇う余裕がございませぬ」

「そうであった」

飄々とした信平に、頼母が苦笑いをする。

「金子は、それがしが出しまする」

主馬が言うので、佐吉が手を打ち鳴らす。

「そういえば、ここの横手に駕籠が置いてありましたぞ」

立ち上がり、部屋の奥にいる町の者たちに顔を向けた。

「そこの横手に置いてある駕籠の持ち主はおるか」

「それならあっしらのです」

二人の男が立ち上がった。

佐吉が言う。

「すまぬが、川向こうまで格安で行ってくれぬか」

「その後、江戸まで頼む」

信平が言うと、男たちは驚いた。

「江戸までですかい」

「どうする」

顔を見合わせる駕籠かきに、信平の意をくんだ頼母が言う。

「こちらの病人をお連れしたい。江戸まで行ってくれるなら、手当をはずもう」

「そういうことなら、行きましょう」

一人が請けあい、相方を連れて駕籠を取りに行った。

信平が頼母に言う。

「我らも共にまいり、その足で江戸に戻ろう」

「承知しました。では、馬の支度をしてまいります」

信平は、空安を伴って空遍和尚の部屋に行き、宿の礼を述べると、慌ただしく寺を出発した。

四

信平たちは、水かさが引いた川にさしかかった。

この時期に鉄砲水とは珍しいと思っていたが、狭い川幅のために、近年にない激しい雨で急激に増水したのだ。しかも橋は、増水に流されぬよう新しく架け替えたばかりだったらしく、検分に来ていた宿場役人が、険しい顔で話し合いをしていた。

浅いところから川を渡った信平たちは、街道に戻り、江戸の方角に進む。

しばらくすると、空安が分かれ道を示した。

謙二郎と母が暮らす家は、街道から左に分かれる細い坂を登った先にあるという。

信平は馬を降りた。

頼母が、いぶかしげな顔をする。

「殿、家まで行かれますか」

「うむ。そなたは鈴蔵と、ここで待っておれ」

「承知しました」

坂道は駕籠も通れない細さなので、主馬は佐吉が背負ってやり、空安の後に続いた。

やがて見えた藁ぶきの小さな家からは、炊事の白煙が上がり、表の庭では、若い男が薪を割っていた。

主馬はその姿を見るなり、佐吉に降ろしてくれと頼んだ。

降ろしてやると、二、三歩進んだところで立ち止まり、感極まった様子で、右手を口と鼻に当てている。

「若……」

やっと出た声に、割った薪を集めようとしていた若者が手を止めて顔を向け、目を見開いた。

「主馬！」

「若！」

主馬はふらつく足で必死に歩み、主馬の前で両膝をついた。

「やっと、やっとお会いできました」

謙二郎は信平に眼差しを向け、頭を下げた。

佐吉が声をあげる。

「おお、貴殿は先日の」

道端で苦しんでいた老翁に薬を与えた、あの薬屋だった。

謙二郎は、笑みで顎を引く。

空安が歩み寄り、信平のことを教えた。

将軍家縁者と知った謙二郎が驚き、神妙に頭を下げた。

「謙二郎、どうしたのです」

家の中から母親が出てきて、信平たちに不思議そうな顔で会釈をしたものの、両手をついている主馬に気付き、顔色が変わった。

「松方殿……」

険しい顔をする母に、主馬は膝を転じて頭を下げた。

「おつう様、お久しゅうございます」

「どうしてここが分かったのです」

「それがしは今日まで、若を捜す旅をしていたのでございます」

おつうは驚き、謙二郎に心配そうな顔を向けた。

謙二郎が膝をつき、主馬の肩に手を伸ばす。

「わたしが出奔したあの日から、ずっと捜していたのか」

「はい」

長年捜されていたことを知った謙二郎は、辛そうな顔をした。

「お前の家の者はどうした。妻子がいたであろう」

「それがしのことなどはよいのです。こうして若にお会いできたことで、報われました」

「よくはない。妻子はどうしているのだ」

主馬は返答をしない。

謙二郎が訊く。

「わたしを見つけるまで、国へ戻るなと言われたのか」

「年に一度、江戸の藩邸に入ることが許されておりましたので、妻とは便りのやりとりをしておりました。娘は今年で、八つになっておりまする」

謙二郎は悲しげな顔をした。

「思いもしなかった。許せ」

主馬は謙二郎の手をにぎった。

「若、お願いでございます。御家のために、帰参してください」

「ここでする話ではない。上がれ。鷹司様、狭くて汚い家ではございますが、どうぞ、お上がりください」

母親は何も言わず、悲しそうな顔で家の中に入った。

そんな母を気にした様子の謙二郎であったが、信平たちは招きに応じて、縁側から上がった。

そこで改めて、主馬は世継ぎが肺炎で急死したことを告げ、帰参を願った。

江戸生まれの異母兄と一度も会ったことがない謙二郎であるが、死を悼んだ。だが、御家のためにと願われても、戻る気はないと言う。

「母を一人にはできぬ。従兄弟《いとこ》が養子に入るなら、それでよいではないか」

主馬は膝をすすめ、必死に言う。

「一昨年の正月に大殿とお会いした時、謙二郎はまだ見つからぬのかと叱られました。大殿は、おつう様を追放されたことを悔いておられたのです」

謙二郎は驚いた。

「まことか」

「嘘です」

口を挟んだのは、茶を出しに来た母親だ。

「わたしを犬畜生とまで罵ったあの鬼が、悔い改めるものですか」

「嘘ではございませぬ」

だが、母親は聞く耳持たない。

「どうせ、江戸の世継ぎが亡くなったから、焦っていたのでしょう」

「お世継ぎがお亡くなりになったのは、昨年の夏でございます。大殿はその前の年に病に臥《ふ》されたのですが、おそばに仕えた者の話では、息を引き取られる寸前まで、おつう様と若には申しわけないことをしたと、殿に詫びられていたそうです」

主馬は、肌身離さず持っていた一通の文を出し、謙二郎に差し出した。

「若に出会えた時に渡すよう、大殿からお預かりしておりました」

文に目を通した謙二郎は、膝を転じて、母に差し出した。

「主馬が申すことは、嘘ではないようです」

疑う顔で文を受け取ったおつうは、目を通しているうちから表情を一変させ、悲しげな顔で涙を流した。

「大殿は、そなたがこの母を捜すために国を出たことを、知っておられたようですね」

「わたしは、母上を悪く言われる祖父様に反抗し、近寄りもせず、口もろくにききませなんだのに」

主馬が口を挟んだ。

「大殿は、それでも若のことを想うておられたのです。辛く当たられたのは、若がいずれ大名家に婿入りした時、家中の者たちから馬鹿にされぬためだったと、拝謁したわたしに文を託されながらおっしゃいました」

謙二郎は納得がいかぬ顔をした。

「そのために、母から引き離したと言うか」

「それは……」

口ごもる主馬に代わり、母親が言う。

「わたくしは、身分なき家の生まれゆえ、大名家に婿入りするそなたの邪魔になると思われたのでしょう。それが間違いだったと、ここに詫びておられます」

「すべては、わたしのためだった。わたしのために、母上はご苦労をされたのです」

「大殿の本心を知らぬわたくしは、追い出されたことを恨みました。でも今は、この文をいただいたことで恨む気持ちがなくなり、目の前が明るくなった気がします」

「お会いした時とは、別人のようじゃ」

信平が言うと、

「まことに」

空安も言い、笑みを浮かべた。

母親が微笑む。

「主馬殿が文を届けてくれたおかげです」

主馬が居住まいを正した。

「若、おつう様、お二人で江戸の藩邸にお入りください。どうか」

頭を下げて懇願する主馬を見て、母親が謙二郎に、優しい眼差しを向ける。

「謙二郎、母はこの地に残りますから、お前一人で行きなさい」

「何を言われます」

「よいのです。少しのあいだでしたが、こうして親子水入らずで暮らせたこと、母は幸せでした。お前が藩主になれるなら、もう何も望みませぬ。わたくしは、お前との思い出があるこの地で出家し、御家の安寧を祈ります」

「母上……」

「殿が江戸に入られれば、そなたが大名になる道は閉ざされます。望む者のためにも、急ぎなさい。主馬殿、よろしく頼みます」

「はは！」

主馬は両手をついて頭を下げ、謙二郎に向いた。

「若、まいりましょう」

謙二郎は、空安に顔を向けた。

「母を、頼みます」

空安が応じると、謙二郎は立ち上がった。

母親の助けで身支度を整える謙二郎を待っているあいだに、主馬が改めて、信平に頭を下げた。

「これで、我があるじの血筋が絶えずにすみまする」

「うむ。江戸まで共に帰ろう」

「はは。よろしくお頼み申します」

それから四半刻（約三十分）ほどで、母親が謙二郎と共に出てきた。

いつか使う時があればと、謙二郎に内緒で着物をしつらえていたらしく、立派な身なりをしている。

喜ぶ主馬の横で、信平は佐吉に顔を向けて顎を引く。

「承知」

廊下に控えていた佐吉が応じて、主馬に手を貸した。

下まで見送るという母親を伴い、信平たちは街道に向かった。

坂をくだる途中で、空安が謙二郎に言う。

「母御のことは、何も心配はいりませぬ。わたしが、お世話をさせていただきます」

謙二郎は頭を下げ、手をにぎっている母の横顔を見ながら、坂道をくだった。

先にくだっていた信平は、街道の手前で振り向き、皆を待った。

下りてきた謙二郎が、母親の手を離し、寂しそうな顔で正面に立った。

「母上、ここでお別れです」

母親は、涙をこらえて手をにぎり、息子の顔を見上げている。

達者で暮らせと言う母を気づかい、謙二郎は足を踏み出せないでいる。

母子の別れを見守っていた信平の背後に頼母が来たのは、その時だ。

「殿、皆様を街道にお導きください」

「いかがした」

訊くと、頼母が耳打ちをした。

信平は無言で顎を引き、謙二郎と母親に顔を向ける。

「この先まで、共にまいられよ」

不思議そうな顔を向ける母子を、頼母が促す。

頼母の案内に従い、歩みを進めた謙二郎と母親。

街道に出た二人を見るなり、片膝をついて待っていた数十名の侍と足軽たちが、一斉に頭を下げた。

大名駕籠から降りた五十路《いそじ》の男に、母親は声を失った。

謙二郎が目を見張る。

「父上！　どうして……」

成時が、優しい面持ちで言う。

「ここを通りがかった時、鷹司殿のご家来にお声がけいただいたのじゃ」

謙二郎が頼母に顔を向けた。

頼母が、真顔で言う。

「行列のご家紋を見て、もしやと思いましたもので」

成時が信平に頭を下げる。

「信平殿、礼を申します」

信平は、笑みで応じた。

驚きを隠せぬ謙二郎に、成時は目を赤くし、両手を差し出しながら歩み寄った。

「このようなところで出会えるとは夢のようじゃ。謙二郎！　よう生きていてくれた」

肩を両手でつかんで喜んだ成時は、おつうに歩み寄り、神妙な顔をした。

「おつう、許せ、許してくれ」

「謙二郎のこと、よしなに頼みます」

そう告げて去ろうとしたおつう。

成時は、そんなおつうの腕をつかんで止めた。

「何を申すか。そなたも共にまいり、わしと共に、跡を継ぐ謙二郎を支えてくれ」

「わたくしは、行けませぬ」

去ろうとするおつうを、成時は人目もはばからず抱きしめた。

「わしは甥に家督を譲り、お前たちを捜す旅に出るつもりだったのだ。もう二度と離さぬ。頼む、共に来てくれ」

「殿……」

目じりから涙をこぼすおつうは、安堵に包まれた顔をしている。

信平は、佐吉の横でうずくまり、背中を震わせている主馬の肩に手を置いた。

頭を上げた主馬の顔は、長旅の垢と、涙で汚れている。

信平は微笑んだ。

「良い顔をしておられる」

第四話　黒天狗党《くろてんぐとう》

一

「殿、御屋敷が見えましたぞ」

馬の前を歩いていた江島《えじま》佐吉が振り向いて告げたので、鷹司信平は笑みを浮かべてうなずき、皆の労をねぎらった。

川崎宿で一泊すると言った備後新山藩・羽須美家の者たちと別れて二刻（約四時間）後のことで、日はとっぷりと暮れ、亥《い》の刻（夜十時頃）になろうというところだ。

鈴蔵は江戸に入るや、屋敷に報せると言って先に帰っていたので、門前には松明《たいまつ》が焚《た》かれ、待っている人の姿がある。葉山《はやま》善衛門と、門番の八平《やへい》だ。

信平が馬を進めると、八平が先に気付き、

「お戻りでございます！」

知らせる声が道に響いた。

善衛門が、

「殿！」

と、大声をあげて歩み出る。それに続き、家中《かちゅう》の者たちが迎えに出た。

「今戻った」

皆に告げた信平は、馬に乗ったまま門を潜る。

中で待っていた鈴蔵が駆け寄り、馬の口を取った。

降りた信平は、馬の首をたたいて労《ねぎら》いの言葉をかけてやり、表玄関に向かう。戸口で待っている松姫と福千代が笑っているのが、遠目にも分かった。

信平が歩みを進めると、

「お帰りなさいませ」

松姫が笑顔で言い、頭を下げた。

横にいる福千代も、嬉しそうな顔で頭を下げた。

「二人とも、息災であったか」

た。

「はい」

迎えてくれる松姫の優しい笑顔に、信平は、旅の疲れが癒やされる心持ちとなった。

福千代を連れて、三人で表御殿に上がった信平は、旅装束を解いて居間に入り、お初や下女のおつうたちが調えてくれた夕食を皆で摂《と》った。

善衛門が、公儀への報告を兼ねた登城は明後日で申し入れをすると言うので、明日はゆっくり休むこととし、夜中に床に就いた。

公儀目付役の堂本長由《どうもとながよし》が信平の屋敷に来たのは、登城の支度を終えた朝のことだ。

裃《かみしも》の正装を整え、玄関に出ようとしていた信平のところに、頼母が報せに来たのだが、青ざめた顔をして、どうも様子がおかしい。

「いかがした」

訊く信平に、頼母は、珍しく悔しそうな顔をした。

「登城はせずともよいとのことです。わけは、直にお伝えすると申されますので、客間にお通ししました」

「まいろう」

頼母の尋常ではない様子に、信平は客間に急いだ。

待っていたのは、目付役が二人だ。筆頭の堂本が先に名乗り、続いて、神木《かみき》と名乗った。二人とも目付役だけに、厳しい目つきをしている。特に堂本は、切れ者、というのが顔に出ている。

その堂本が、信平を見据えて言う。

「本日まかりこしましたのは、鷹司殿が京に滞在なされていた時のことで、内々の詮議をさせていただくためにござる」

顎を引く信平の前で、善衛門が驚いた顔を堂本に向けた。

「内々の詮議じゃと。まるで殿が悪事を働いたかのような物言いに聞こえるが、どういうことじゃ」

堂本が鋭い眼差しを向ける。

「老中、稲葉美濃守《いなばみののかみ》様の下知にござる。口をつつしみなさい」

これにはさすがの善衛門も口を閉じたが、唇をむにむにとやり、怒りをこらえている。

堂本は眼差しを信平に向け、心中を探る面持ちで訊く。

「そこもと様には、おそれおおくも、将軍家御親戚で直参旗本の身でありながら、公儀の許しを得ることなく帝の御ために働かれ、勝手に官位を賜ろうとされた疑いがかけられてござる。これは、事実でござるか」

昨日頼母から、朝姫を助けた話を聞いて知っていた善衛門は、不安そうな顔を信平に向けた。

信平は善衛門を一瞥《いちべつ》し、堂本に言う。

「麿の師、道謙様に頼まれ、縁者をお助けしたまでのこと。官位のことは、身に覚えがござらぬ」

堂本は鋭い眼差しを向ける。

「師、道謙と申す者は、帝の縁者でござるか」

「はい」

「師の命ゆえ、従ったと」

「生死に関わることゆえ、人として、なすべきことをしたまで」

「いかにも、鷹司殿らしいお答えじゃ」

堂本は頬をわずかにゆるめたが、すぐに引き締め、探る目つきで訊く。

「官位のことは身に覚えがないこと、まことでござるか」

「堂本殿から聞き、初めて知りました」

堂本は顎を引き、さらに訊く。

「では鷹司殿、貴殿は将軍家の使者として上洛した身でありながら、役目とは違う働きをした。これをお認めでござるか」

善衛門が焦った。

「堂本殿、何が言いたいのじゃ」

「黙らっしゃい！」

堂本は声を大にして善衛門を睨みつけた。

「今は、鷹司殿に訊いておるのだ」

善衛門が目を丸くして挑む顔をしたが、堂本は相手にせず、信平に眼差しを向けなおす。

「鷹司殿、いかがか」

信平は、目をつむった。

「認めます」

堂本は、神木に顎を引く。

応じた神木が、懐から書状を取り出し、信平に向ける。

下、と記された書状に、信平と善衛門は居住まいを正した。

厳しい面持ちをしている神木が、口頭で告げる。

「鷹司松平殿に、遠慮を命じる」

「遠慮じゃと！」

善衛門が立ち上がり、食ってかかろうとしたので、頼母が立ちはだかり、押し戻そうとした。

「離せ頼母、このような理不尽なことがあるか。殿は人を助けたのだぞ」

「なりませぬ」

頼母は、抗う善衛門を押し戻し、外へ連れて出た。

動じず、信平に眼差しを向けたままの堂本が、厳しい顔をする。

「葉山殿が家来でのうて、よろしゅうございましたな」

皮肉たっぷりの言葉に、信平は涼しい顔で応じる。

「遠慮のこと、謹んでお受けいたす」

両手をつき、頭を下げる信平を見おろした堂本が、神木に顔を向ける。

顎を引いた神木が、信平に告げる。

「表と裏門に番人を置きます。夜の外出は咎（とが）めませぬが、次の沙汰があるまで、神妙にされることです」

「こころえました」

信平が頭を下げる前で立ち上がった目付役の二人は、揃って足を転じて廊下に出ると、帰っていった。

信平が告げられた遠慮とは、外出を禁じるものでありながらも、夜は黙認され、人の出入りは許されるという軽いものだ。

しかし、罰は罰。信平にとってこれは、思いもしないことだった。

公儀が決めたことに抗うなどできるはずもなく、信平は、甘んじて罰を受けた。

落ち着きを取り戻し、客間に入ってきた善衛門は、険しい顔で信平の前に座ると、心配そうな顔をした。

「罰は軽うござるが、朝姫を助けられた殿に帝が官位を授けられようとされているのが事実であれば、これは、御家にとってはすこぶるよろしくないことですぞ」

下座にいた佐吉が訊く。

「この先も、何かあるということですか」

善衛門が、そうだ、と言い、信平に向かって身を乗り出す。

「このまま何もしなければ、疑いは晴れませぬ。悪くしますと改易になりますので、城で何が起きているのか、甥の正房《まさふさ》に訊いてまいります」

信平は、善衛門に眼差しを向ける。

「くれぐれも、迷惑がかからぬように頼む」

「お任せを」

善衛門は急ぎ、番町の葉山邸に向かった。

入れ替わりに来た鈴蔵が、馬を無事返したことを告げ、険しい顔を向ける。

「いかがした」

訊く信平に、鈴蔵はためらいがちに言う。

「表と裏門に、番人が二人ずつおりまするが、それを見た道行く者が、殿が罰を受けたと噂しておりました」

これには佐吉が驚いた。

「もう噂になっているのか」

頼母が真顔で言う。

「悪い噂ほど、広がるのが速いものです。夜の外出も控えられたほうがよろしいかと」

「そういたそう」

信平は、佐吉と頼母に家のことを任せ、自分の部屋に入った。

程なく来た松姫が心配そうな顔をしているので、信平は笑みを浮かべた。

「聞いたか」

「はい」

「心配はいらぬ。官位のことは身に覚えがないことゆえ、疑いはすぐに晴れよう」

松姫は笑顔でうなずく。

「では、お許しが出るまで骨休めをなされませ」

「うむ。福千代の相手をしてやろう」

「それは喜びます。旦那様に剣術を習いたいと申していました」

信平は驚いた。

「磨の剣を？」

「はい。旦那様がお留守のあいだに、剣の稽古に励むようになったのです。あの子なりに、御家を守ると決めたのでしょう」

信平は微笑む。

「頼もしいことじゃ。そうか、磨の剣を……。師匠が聞かれれば、なんと申されるか。厳しい修行の日々が、昨日のことのように頭に浮かぶ」

「道謙様は、息災でございますか」

「歳を召されたが、気持ちは相変わらずお若い」

怪我をしたことは、言わなかった。

「今こうして話しているあいだに、厳しかった師匠のことを思い出した。福千代が本気で習いたいなら、磨よりも、師匠にお預けするのがよいのだが」

「上様に拝謁が叶い、正式に後継ぎと決まれば京へ行くことは叶わぬことですが、今なら……」

松姫の言葉に、信平は目を見張った。

「本気で申しているのか」

「福千代が望むならば、止めませぬ」

信平は舌を巻く思いになった。

「腹が据わっているな」

「旦那様をお強くされた道謙様だからこそ、福千代を託しても良いと思うのです」

「だが今は、福千代を京に行かせることはできぬ」

「何ゆえですか」

「朝廷との深い関わりを疑われている時に長子《ちょうし》を京へ行かせれば、旗本としての立場が危うくなる」

松姫が安心した顔でうなずいたので、信平は笑みを浮かべた。

「本心は、そばに置いておきたいのであろう」

「複雑な気持ちです。旦那様が稽古をつけてくださるのが一番とは思いますが、福千代は甘えん坊ですから、修行にならない気もします」

「麿も、甘やかしてしまうだろう」

「はい。そのとおりだと思います」

松姫が笑いながら言うので、信平も笑った。

二

善衛門が戻ったのは、日が暮れて間もなくのことだ。

奥御殿で松姫と福千代と過ごしていた信平は、奥御殿を仕切っている竹島糸《たけしまいと》の報せを受け、中奥御殿の自室に行った。

部屋で待っていたのは、善衛門と佐吉、そして、頼母と鈴蔵だ。

茶を出してくれたお初は、戻らずに下座に控えた。

罰のことで、皆暗い顔をしている。

善衛門一人だけが、口をむにむにとやり、憤懣《ふんまん》やるかたない、という顔をしている。

「いかがであった」

信平が訊くなり、善衛門は手で膝を打った。

「思い出しただけでも、腹が立ちますぞ」

あまりの怒りように、信平が心配して訊く。

「城で何が起きているのだ」

「共に上洛した五色兵部が、とんでもないことを言うたようです」

善衛門が正房から聞いたところによると、五色兵部は江戸に帰るなり、残った信平は勅命を受け、密かに働いていることを告げ口していた。

どうして五色が知っているのかと驚いたが、五色は、帝と将軍の覚えめでたい信平を嫉み、家来を残して、信平の行動を探らせていたのだ。

朝姫の一件を知った五色は、先の報告に尾をつけ、信平が中将の官位を願い出たなどと、ありもしないことを、まことしやかに告げていたのだ。

ここまで聞いた時、頼母が善衛門に言う。

「官位のことは、調べれば嘘と分かること。御公儀は何をされているのです」

善衛門は、うって変わって首を垂れ、ため息を吐いた。

「それがな、嘘ではなくなったのだ」

頼母が目を見張る。

「では帝は、まことに殿に官位を授けられると」

「勅使下向に先立って入府された朝廷のお使者がな、殿に官位を与える動きがあると、稲葉老中にそれとなく匂わされたらしい。しかも、五色が申したとおりの、従三《じゅさん》位左近衛中将《みさこんえのちゅうじょう》だそうだ」

「なんと」

頼母が驚く横で、佐吉が膝を打ち鳴らす。

「良いではござらぬか。殿が出世されるのですぞ」

善衛門が厳しい眼差しを向ける。

「良いものか。旗本の殿が官位を賜るのは、上様がそうとお定めになり、朝廷に願われて叶うのが筋。帝から話が来たのでは、殿が上様を出し抜いたことになろう」

「ややこしいですな」

難しい顔をする佐吉に、頼母が言う。

「白旗明神を思い出されよ。今の殿は、源頼朝公に睨まれた義経公と同じようなもの。ことを重く取られた稲葉老中は、殿を城から遠ざけられたのです。今は軽いですが、勅使が下向されて間違いないと分かれば、どのような罰がくるか分かりませせぬぞ」

佐吉が驚愕《きようがく》した。

「頼朝公が義経公を追い詰めたように、上様が、殿と敵対すると申すか」

「そのようなことがあるか！」善衛門が大声をあげた。「頼母、縁起の悪いことを言うな！」

頼母が真顔を向ける。

「されど、一旦公儀に疑いの目を向けられたからには、そうやすやすと、元には戻れませぬ。このままでは御家が危のうございます」

「だから、縁起の悪いことを申すなと言うておるのだ」

怒る善衛門から眼差しを転じた頼母は、信平に両手をつく。

「殿、京であったことを隠さず話し、申し開きをすべきと存じます」

頼母の目を見て聞いていた信平は、首を横に振った。

「何ゆえでございます」

詰め寄らんばかりの頼母に、信平が言う。

「麿が申し開きをいたせば、朝姫が攫われるのを許した所司代殿の失態が公になり、首が飛ぶであろう」

　この期に及んで人をかばう信平に、頼母が目を赤くした。

「それで御家が潰れたのでは、殿はいったい誰のために、励んでおられるのか」

　悔しさに声を詰まらせる頼母に、善衛門が怒った顔を向ける。

「頼母、つつしめ！」

「黙りませぬ」

　頼母は唇を震わせて目をつむり、一つ息を吐いた。気持ちが落ち着いたのか、いつもの真顔を信平に向け、両手をついた。

「お考え直しいただけませぬか」

　信平は、頼母に穏やかな眼差しを向ける。

「麿が朝姫をお救いするために動いたのは事実じゃ。官位のことを含め、上様のお怒りを買うことになったのであれば、ここは罰を甘んじて受けるしかない。御家が改易になるなら、天運と思うてあきらめる」

「婿殿はおるか」

　突然の声に、信平たち一同が驚いて顔を向けた。

　廊下に出たお初が、神妙に頭を下げる。

奥御殿側の廊下から現れたのは、松姫の父、紀州徳川頼宣《とくがわよりのぶ》だ。

善衛門が遠慮なく訊く。

「またもや、庭からお越しでございますか」

すると頼宣が、鼻先で笑う。

「表になにやら、気難しげな輩《やから》が立っておるのでな。まあ、福千代と庭を行き来しておるので、珍しいことではない」

信平は上座を譲り、頼宣が座るのを待って正面に正座し、両手をついて頭を下げた。

「このたびは、ご心配をおかけします」

「詳しい話を訊きにまいった。婿殿、京で何があったのだ」

顔を上げた信平は、頼宣には包み隠さず話した。

朝姫のことを知った頼宣が、険しい顔をする。

「帝の姫が攫われたことが公になれば、確かに、所司代の首が飛ぶな。内膳殿（板倉重矩）は、今年の十一月には老中に返り咲くらしいが、幕閣の中には、それを良く思わぬ者がおると聞く。その者らが朝姫の一件を公にして、失脚させようとしているのではないか。遠慮の沙汰も、そなたの口から朝姫のことを引き出すためであろう」

善衛門が口を挟む。

「所司代殿を失脚させるために、殿が責められたと申されますか」

「これはあくまで、わしの憶測じゃ。されど婿殿、これを利用しない手はないぞ」

信平に眼差しを向けたままの頼宣は、肩で息をした。

「顔色が優れぬようですが、お具合が悪いのではないですか」

「庭を歩いてきたせいであろう。気にするな。それよりも内膳殿のことじゃ。朝姫の一件を婿殿が話して首が飛ぶなら、黙って恩を売っておけ。さすれば、いずれ婿殿が大名になることの力になってくれようぞ」

覇気に満ちた頼宣らしいと思い、信平は笑みを浮かべる。

頼宣は、真剣な眼差しを向けた。

「わしの目が黒いうちに大名になれ。婿殿は、それに値する者ぞ」

頼宣は言い終えると、咳《せき》をした。

その姿が弱々しく思えた信平は、ふたたび頼宣に両手をつく。

「おおせのとおりに、励みまする」

大名を目指す意思をはっきり示した信平に、頼宣は嬉しげな顔をした。

「そなたなら、必ずなれる。帝に官位を求めておらぬなら、このたびのことは下手に動かず、大人しく沙汰を待っておれ。わしはちと、福千代の顔を見にまいる」

「ははは」

頭を下げる信平の肩に手を置き、ぐっと力を込めた頼宣は、奥御殿に渡った。

信平はその日から屋敷に籠もり、沙汰を待った。

数日後に京から勅使が下向し、数日の滞在をしたのだが、結局、信平を中将に推す話などは一言も出ぬままに終わった。

こうなると、勅使より先に江戸に来ていた者が、信平を中将に、と発した話は、怪しいものだ。

頼母などは、

「紀州様がおっしゃるとおり、板倉様を貶《おとし》めようとたくらむ者が、殿の口から朝姫様の一件を引き出そうとしたようです。わたしは、浅はかでした」

と、反省しきりだ。

勅使が京に帰ったことで、信平の罰は解かれると思われた。

だが、ふたたび来訪した目付役の神木は、遠慮の罰を解くどころか、

「鷹司松平殿、高家のお役目、ご苦労でございました」

と、情のない、冷たい様子で告げた。

罰も解かれず、高家の役目まで剝奪されたことに、善衛門が黙っていない。

「殿の誤解は晴れたはずでござろう」

「確かに勅使は、官位の話はないとおおせでござった」

「では、罰が解かれぬうえに、お役御免とはいかなることか」

神木は、善衛門から信平に眼差しを転じた。相変わらず、鋭い目つきをしている。

「そのわけは、鷹司殿、貴殿がご存じでありましょう」

「はて、思い当たりませぬが」

「罰を受け、慌てて官位を辞退されたのではござらぬか」

これには善衛門が嚙みつく。

「勅使がまいられたのは、殿が戻られて半月もせぬうちぞ。どうやって辞退するというのだ」

「本日は！」

神木は大声で善衛門の言葉を切り、信平に告げる。

「お役御免をお伝えにまいったのみ」

返事は、という目顔を向けられた信平は、神木に頭を下げた。

「承りました」

薄い笑みで見おろした神木は、大股で歩いて部屋から出ると、振り向きもせずに帰っていった。

「殿、このままでよろしいのですか」

詰め寄る頼母と佐吉に、信平はうなずく。

「改易を告げられなかっただけでもよいではいか。もうしばらくは、ゆっくりしておれる。麿はこれより、松と福千代を連れて舅《しゅうと》殿の見舞いに行く。来客があれば呼びに来てくれ」

信平は家来たちにあとを任せ、庭から紀州藩の屋敷に入り、三日前から病床に臥せている頼宣を見舞った。

紀州藩奥医師・渋川昆陽《しぶかわこんよう》によれば、頼宣は軽い肺炎を起こしている。

「わしも歳じゃ」

と、言って笑う頼宣のことが、信平は心配でたまらなかった。そして、大恩ある頼宣に安心してもらうために、一日も早く大名になることを決意したのだ。

三

遠慮の罰が解かれないまま月日が流れ、梅雨が明けた。

昨日まで十日間も続いていた雨がやみ、青空が広がっている。

久々に月見台へ渡った信平と松姫は、日傘の下に敷かれた緋毛氈《ひもうせん》に座り、庭で遊ぶ福千代と仙太郎に目を細めていた。

福千代は、剣の修行をしに京の道謙に弟子入りするかと信平が訊いた時、少し考えたのちに、

「父上と母上が共に来てくださるならまいります」

と、答えた。

できぬことだと言うと、

「では、今は行きませぬ」

福千代はあっさりしたもので、それからは、信平の剣を習いたいと言わなくなった。

善衛門が武家のたしなみで一刀流を教えているが、日に日に上達を見せ、善衛門いわく、筋がいい。

仙太郎を連れて庭を走り回る姿を、松姫が目で追っている。

「今は幼いですが、いつか自分から、京に行きたいと言いそうな気がします」

「それまで、師匠には息災でいてもらわねばならぬ。福千代には折を見て、麿の剣を見せてやろう」

「学問、馬術、弓術など、あの子がやらなくてはならぬことは山ほどございますが、何よりも、息災で大きくなることが望みです。幼い頃身体が弱かったわたくしに、似ていなければよいのですが」

信平は眼差しを向け、松姫の手をにぎった。

「舅殿が病床に就かれたゆえ、不安になっているのだ。福千代は元気に走り回り、剣の筋もなかなかによいと、善衛門が申している。舅殿も回復に向かわれておられるのだから、大丈夫じゃ」

松姫はうなずき、福千代と仙太郎に眼差しを戻した。

「失礼つかまつります」

声に信平が振り向くと、頼母が片膝をついていた。

「いかがした」

「五味殿が、珍しく深刻な顔でお待ちでございます」

真顔で五味のことを告げる頼母に、松姫は微笑んだ。

「きっと、お初のことでしょう」

信平も笑みでうなずき、

「ちと、聞いてまいろう」

松姫を残して、月見台から下がった。

居間で待っているというのでそちらに向かう。

「待たせた」

信平の声に応じて、廊下に背を向けて座っていた五味正三が振り向いたのだが、つややかなおかめ顔ではなく、目の下にくまを浮かべて、やつれていた。

そこへ、お初が膳を持ってきた。

昼を少し過ぎた頃だが、五味は喜び、膳を置くお初に手を合わせた。

「さすがはお初殿。昨夜から何も食べていなかったのを、よう分かってくだされた。恋女房とは、こういうことなのでしょうな」

「口が過ぎる」

お初が膳を下げようとしたので、五味が膳にしがみつく。

「せっかくなのでいただきます」

にたりと笑い、味噌汁を口に運んだ。

「お！」

五味が目を見張る。

「この冷やし汁は、みょうがに大葉、そして鰹《かつお》のたたきがいい。いやぁ、旨い。旨いなぁ」

しみじみと言い、ご飯をほおばったところで、頼母が咳ばらいをした。

驚いた五味が、顔を信平に向ける。

「すまぬ。あまりの旨さに、つい夢中になってしもうた」

信平は微笑む。

「よい。麿に用とは何か。ずいぶんやつれた顔をしているが、町で何か起きているのか」

五味は汁で飯を流し込み、箸を置いた。

「お役目で近くを通りかかったので、どうしているか顔を見に来ただけだ。公儀の門番は相変わらず愛想がないが、おれと信平殿が友だとようやく覚えたらしく、何も言わずに入れてくれた」

「そうか。して、何が起きているのだ」

「いや、それはいい」

「麿が遠慮の罰を受けている身ゆえ、話さぬのか」

「そうではないが……」

五味は目を下に向けて迷う顔をしたが、すぐに上げた。

「いや、本当のことを言うと、そう思っていた」

信平が薄い笑みを浮かべる。

「水臭いぞ」

「すまん。実は先日から、厄介な盗賊が出ている。家の者が何も気付かないあいだに、蔵の金ばかりか、あるじの枕元に置いていた小判まで、盗んでいくのだ」

信平がうなずき、頼母が訊く。

「まことに家の者は、まったく気付かないのですか」

「うむ。昨夜入られた店のあるじは、ねずみが畳を走っても目をさますほど用心深い者だが、朝起きて、枕元のたんすから財布を出そうとして、盗まれたことに気付いたのだ。慌てて蔵に行ってみると、あるはずの五千両が消えていた」

信平が言う。

「一人の仕業ではないな」

「うむ。外の足跡から、十人はいたはずだ。これで四軒、合わせて一万八千両が盗まれた」

「それは、大金じゃ。見た者もいないのか」

「いない。まるで空気のように忍び込み、逃げていく。やっかい極まりない相手だが、死人どころか、怪我人も一人として出していないのが、せめてもの救いだ」

「ふむ」

「町の者は、人の仕業じゃないと言っておもしろおかしく噂しているが、商家の者たちは夜も眠れない日が続いている。お奉行から毎日お叱りを受けているおれたちも、夜通し見廻《みまわ》りをしているので、もう三日も組屋敷に帰っていない。信平殿、このただならぬ盗っ人を捕まえる、良い知恵はないか」

やつれ顔を突き出す五味が、答えを待った。

信平は表の庭に顔を向け、遠くで遊ぶ福千代たちを見ながら、知恵をめぐらせた。

四

居間から下がったお初は、五味が使った器の片づけをはじめたのだが、桶《おけ》の水がなかったので裏の井戸に出た。

釣瓶《つるべ》を落として水をくみ、桶に移そうとした時、ふと、誰かに見られている気がして、手を止めて顔を上げた。

生垣代わりに植えてある紫陽花《あじさい》の、水色の花が揺れている。

曲者かと警戒したが、風のせいのようだった。

あたりを見回したお初は、気配がないことを確かめて、仕事に戻った。

水を入れた桶を持って台所に戻ろうとした時、別の場所に人が立っていることに気付き、驚いて顔を向けた。

気配もなく歩み寄ってきていた女に、お初は目を見開く。

「沙月《さつき》？」

「姉さん」

涙声で言うのは、かつて妹のように可愛がっていた村の娘だ。

お初は桶を置いて、泣きながら駆け寄る沙月を受け止めた。

「どうしたの」

「助けて」

切羽詰まった様子に、お初ははっとした。

「待って。その前にあなた、どこから入ったの」

「裏から」

まさか、と思ったお初は、裏門の番人を警戒して見に行こうとしたが、沙月が手を引いて止めた。

「大丈夫。誰にも見つかっていないから」

沙月なら、忍び込むのは難しいことではない。

そう思ったお初は、手をにぎり返して訊く。

「何を助けてほしいの」

沙月はしゃくりあげて泣くばかりだ。

「沙月、しっかりなさい。何があったの」

「父上が、殺された」

お初は絶句した。

沙月の父・才三《さいぞう》は、お初に忍びの技を仕込んでくれた伊賀《いが》者で、父と慕っていた。強く、優しく、最強の忍びだった才三が殺されるなど、お初はこれまで、一度も考えたことがなかった。

それだけに、

「嘘……」

絞り出した声と共に、涙がこぼれ落ちた。

「嘘よ」

「本当なのよ。父上は、殺されたの」

「誰に殺されたの」

沙月は唇を震わせて、辛そうに眼を閉じる。

お初は肩をゆすった。

「沙月、言って」

沙月はうつむいて、ためらいがちの声を発した。

「…………」

「何？　聞こえない」

「伸《しん》……」

思いもしない名に、お初は目を見張る。

伸は、才三が息子のように可愛がり、沙月と夫婦にして村の未来を託そうとしていた者だ。

「そんな馬鹿な。何かの間違いよ。伸が才三様を手にかけるはずない」

動揺を隠せぬお初は、沙月を責めるように声を荒らげた。

だが沙月は、この目で見たのだと言う。

「村の衆の畑仕事を手伝って家に帰った時、伸が血に染まった刀を持っているのを見たの。その場で父の仇を取ろうとしたのだけど、伸に味方する者が立ちはだかったので、殺されると思って……」

「逃げてきたのね」

沙月はこくりとうなずいた。

「どうしてそんなことになったの。伸と才三様はあんなに仲が良かったじゃない」

「殺される少し前は、あまり話さなくなっていたの。伸は、あたしと夫婦になるより、村を出たいんじゃないかって父上が疑っていたから」

「あの伸が」

お初は困惑した。

沙月が悔しそうに言う。

「山暮らしに嫌気がさしていた伸は、己の名を日ノ本に広めるために村を出ようとしていたのよ。でも、父上が許さなかった」

「そのようなこと、聞いたことないわ」

「姉さんが知らないのは当然よ。あたしも、父上が殺される少し前に聞いたことだもの」

「誰に聞いたの」

「宗也《そうや》さん」

「宗也が……」

お初は、目を泳がせた。

「宗也は、他に何を言ったの」

「伸が、村の厳しい掟《おきて》に不満を持っているって。父上さえいなければ、自分が村を束ねられる。そうなればもっと外の者たちと交わり、大名家の仕事も受けて村の暮らしを楽にすると言っていたから、気をつけろと言われていたのに、あたし、そんなことはないと言って信じなかった。宗也さんは、信じないあたしに悲しい顔をして、巻き添えはごめんだから逃げると言って村から出ていったのに、あたしそれでも、信じなかったの。そしたら次の日に……」

沙月は顔を覆い、しゃがんで泣いた。

「父上やみんなが殺されたのは、黙っていたあたしのせいでもある」

「悪いのは伸だから、自分を責めないで。村が今どうなっているか、知っているの」

手を差し伸べるお初に、沙月は涙をぬぐって、顔を上げた。

「詳しいことは分からない。けど、伸たちは黒天狗党《くろてんぐとう》を名乗っていると聞いたわ」

「まるで盗賊じゃないの」

「そうなのよ姉さん。伸たちは、逃げたあたしを追って江戸に来ていると思うのだけど、盗賊になっているかも」

「どうしてそう言えるの」

「あたしは今、麹町《こうじまち》の長屋に隠れ住んでいるのだけど、一昨日の夜、近くの商家に盗賊が入ったの。その盗賊は、誰にも気付かれることなくお金を盗んだと聞いて、伸の仕業ではないかと思ったの。伸が江戸にいるなら、見つけて仇を取ってやりたいけど、あいつには仲間がいるから、先に見つかれば殺される」

「だから、わたしを頼ってここに来たのね」

沙月はうつむいた。

「武家にお仕えしている姉さんに迷惑をかけてはいけないと思ったのだけど、怖くて」

お初は沙月を抱きしめた。

「そんな遠慮、しなくていい」

震えている沙月を抱きながら、お初は、五味が言っていたことが頭に浮かんでいた。

気配を消し、眠るあるじの枕元の物まで盗むというのは、才三に鍛えられた仲ならできる。

沙月のため、そして村のためにも、伸を捜し出さねば。

決意を固めたお初は、沙月を伴って信平のところへ行った。


話を聞いた信平は、相手が、お初のような優れた者を出した村の男だけに、一抹の不安を覚えた。

五味が深刻な顔で言う。

「黒天狗党とは、いかにも悪そうな名だ。しかも、お初殿と同じように強い者が揃っているとなると、見つけたとしても、捕り手に死人が出るな」

腕組みをした五味が、頼るような眼差しを信平に向けた。

頼母が即座に口を出す。

「五味殿、殿は遠慮の御身ですぞ」

「分かっているさ」

困り顔の五味を一瞥したお初が、信平に眼差しを向ける。

「黒天狗党は、わたしと沙月が捕らえます。しばしお暇《いとま》をいただきとうございます」

信平は心配した。

「ここを出て、どこに行く」

「沙月の長屋にまいります」

「伸と申す者が沙月殿を追っているなら、もはや長屋を突き止められているかもしれぬ。襲われるは不利じゃ。ここにいるがよい」

お初は首を横に振った。

「殿にご迷惑はかけられませぬ。別の場所にまいります」

「あてはあるのか」

信平が訊くと、お初は眼差しを五味に向けた。

「五味殿、組屋敷に泊めて」

思わぬ申し出に、五味は立ち上がった。

「いいですとも！　一年でも十年でも、いや、生涯いてくだされ！」

鼻の穴を膨らませている五味に、お初と沙月は揃って頭を下げた。

いつもとは違い、神妙なお初の態度に、五味の顔から笑みが消えた。

「黒天狗だろうが白天狗だろうが、おれが必ず捕らえる。だからお初殿、安心して来てください」

お初がうなずいたので、五味は信平に、嬉しそうな顔をした。

信平が顎を引く。

「よろしく頼む」

「はい」

五味は間の抜けた声で返事をして、お初には、お富《とみ》に言っておくからいつでも来てくれと言い、探索に戻った。

五

その日、麹町にある剣術道場では、あるじ大隅元義《おおすみもとよし》が一人稽古場に立ち、己の剣技をさらに高めようと真剣を帯びていた。

かっと目を見開くや抜刀して横に一閃し、切っ先を転じて鋭く突く。続いて大上段に振り上げたところで、ふと気配に気付き、背後を睨む。

稽古場の戸口に、いつの間にか男が立っていた。

「何者だ」

「噂を聞いてまいった。大隅元義、お前のことを世に知らしめてやろう。黒天狗党に殺された剣士としてな」

大隅は、木刀しか持っていない男を嘲笑した。

「貴様、木刀でわしに敵うと思うているのか」

「これで十分」

男は歩み寄り、対峙した。

大隅は刀を鞘に納め、抜刀術の構えを取る。

男は木刀を右手に持ち、右足を出す構えで、切っ先を大隅の喉に向けた。

仕掛けたのは大隅だ。

抜刀術で木刀を斬り飛ばし、気合を吐くと同時に大上段に転じた刀を打ち下ろそうとしたところ、男が左手で投げ打った手裏剣が喉に刺さった。

目を見張る大隅の前できびすを返した男は、振り向きもせずに去った。

口から血を吐いた大隅は、両膝をつき、呻き声もあげず横に倒れた。

六

お初は、日が暮れないうちに信平の屋敷を出た。

町中に伸とその手下たちがいないか、沙月と警戒しつつ道を歩いた。

楓川《かえでがわ》を渡った先の、山王旅所《さんのうたびしょ》近くにある五味の組屋敷に着いたのは、暮れ六つ前だった。

表の門扉は閉まっていた。手伝いのお富がいると聞いていたので、裏の木戸から中に入る。

炊事の青白い煙が漂う勝手口から声をかけると、中からお富の返事があった。

どうぞお入りください、と言われて、お初は沙月の手を引いて入った。

掃除が行き届いた台所に、お富の姿は見えない。

どこにいるのだろうと思いつつ奥に行くと、四十路《よそじ》女の大きな尻が目にとまった。

お富は、土間に置かれている戸棚の中に身体半分を入れてごそごそしていたが、あったあった、と言い、探し物を見つけて立ち上がった。

振り向いて笑みを浮かべるお富の手には、重ねられた器が持たれている。

「いらっしゃい。旦那様から聞いていますよ」

「お世話になります」

お初と沙月が揃って頭を下げると、お富は、お世話だなんてとんでもないと言い、沙月に器を渡した。

「これはあなたの分です。お初様のはそこの台の上に出してありますからね。それから、鍋に煮物を作っておきましたから、あとは、お初様、お願いしますね」

五味の気持ちを知っているお富は、何やら含んだ笑みを浮かべて、帰っていった。

事情を知った五味が、二人が来れば帰るよう告げていたのだろう。

お初は、今回のことにお富を巻き込まないためだと察した。

「なかなか気が利くじゃないの」

ぼそりとお初が言うのに、沙月が不思議そうな顔をした。

「誰のこと？」

「ううん、なんでもない。伸を捜しに行く前に、五味殿のために夕餉《ゆうげ》の支度をしましょう。味噌汁を作るから、沙月は膳の支度をして」

「はい」

沙月は家を切り盛りしていたので、手慣れた様子で支度を手伝った。

お富が作っていた煮物は、山鳥の肉も入っていて美味しそうだ。

お初は、わかめと豆腐の味噌汁を作った。

膳を並べて、いつ帰るとも分からぬ五味を待っていると、鍋の味噌汁がすっかり冷めた頃に、表で声がした。

「ただいま帰りました。お初殿、おられる？」

呼ばれて、お初は手燭《てしよく》を持って玄関に行った。

戸口で待っていた五味は、お初の顔を見ると安心した笑みを浮かべ、十手の紫房を揺らして式台に上がった。

「食事にしますか」

お初が言うと、五味は遠慮がちに言う。

「味噌汁はある？」

「ええ、あるわよ」

「ありがたい。味噌汁だけお願いします」

「ご飯は食べないの？」

「すぐ戻らないといけないので」

五味は、どことなく浮かない顔をしている。

「また何かあったの？」

居間に行きかけていた五味が、立ち止まってお初に顔を向けた。

「同輩の同心が通っていた道場のあるじが、黒天狗党に……」

五味は話すのをやめた。

「何?」

「いや、なんでもないです」

きびすを返す五味。

お初は腕をつかみ、引き戻した。

五味は戸惑う顔で言う。

「殺されたのですよ。一人で稽古場にいる時に、道場破りに遭ったようです」

「どうして伸の仕業と言えるの」

「道場の下男が、黒天狗党を名乗る者が来たと証言しました。断るのも応じず強引に押し入ったその者は、問答無用で勝負を挑み、道場主は、手裏剣で喉を貫かれて命を落としたそうです」

「下男は、伸の顔を見たの」

「頭巾を取らなかったそうです。生かしてやるから、このことを世間に言いふらせとも言ったそうで」

「沙月が言っていたとおりだわ。名を広めたいがゆえに、そのようなことをしたのよ」

「お初殿は、伸だと思いますか」

心配して訊く五味に、お初はうなずいた。

「黒天狗党を名乗ったのなら、間違いないと思う」

五味もうなずく。

「このたびのことで、黒天狗党を極悪人として江戸市中のみならず、関八州、京、大坂まで手配が回ることになりました。人相書を作りたいのですが、手伝ってくれます？」

「わたしは、もう十年近く伸に会っていないから、良いものができないと思う」

「沙月殿は？」

「できると思う」

「では頼んでみます。どこにいます」

「居間にいるわ。でも沙月にはわたしが頼むから、そのあいだに食事をすませて。その疲れた顔は、見ていられない」

五味は頬に両手を当てた。

「そんなに酷《ひど》い？」

「ええ、とっても」

「でもお初殿、急がないと」

「いいから、早く食べて」

お初は五味の腕を引っ張って居間に行くと、膳の前に座らせ、ご飯をよそって渡した。そして沙月を誘い、味噌汁を温めに台所に立った。

手伝う沙月に言う。

「伸が、道場主を殺したかもしれない」

「えっ」

「極悪人として、広く手配されることになるそうよ」

沙月は戸惑い気味な顔でうなずき、五味に眼差しを向けた。

五味はご飯をかき込みすぎて喉に詰まらせ、寄り目をして胸をたたいている。

沙月は、険しい顔をお初に戻した。

「間抜けな役人に捕まる前に伸を見つけ出さないと、父上の仇が討てなくなる」

ご飯を飲み込んで安堵の息をする五味を見ていたお初は、沙月に眼差しを向けた。

「見つけたら教えることを約束させるから、人相書を作るのを手伝って」

「でも……」

「急がないと、また次の死人が出る。このままだと、村に残っている罪のない者たちにも御上《おかみ》の手が及ぶことになるわよ」

連座を恐れた沙月は、分かった、と、うなずいた。

お初は味噌汁を出し、沙月が協力することを伝えると、五味は助かると言い、熱い味噌汁を嬉しそうに食べた。

空になったお椀《わん》を置き、お初に手を合わせる。

「美味しゅうございました。どうです？　見られる顔に戻りました？」

「ええ。耐えられるほどには」

お初が薄い笑みを浮かべると、五味はにっこりとして、あとで絵師を連れてくるから待っていてくれと言い、忙しく探索に戻った。

待つことになったお初たちは探索に出られなかったが、夜中に来た絵師によって作られた人相書は、伸の顔そっくりだった。

沙月が、よく似ていると言うと、五味は、道場の下男に目つきだけでも見せてくると言い、絵師と共に出かけた。

あと一刻もすれば、夜が明ける。

お初は、少し休もうと沙月に言い、二人で仮眠をとった。

朝は、残ったご飯で沙月におにぎりを作ってやろうと思っているあいだに眠り、ふと、気配を察して目をさました。

黎明《れいめい》の薄暗い中、顔を見おろす者がいる。

驚いて起き上がろうとしたお初だったが、手で口をふさがれ、床に押さえつけられた。

「久しぶりだな」

小声だが、覚えがあるお初は目を見開く。

男は、白さが増している障子のそばで横になっている沙月に顔を向けた。

間違いない、伸だ。

お初は、口をふさいでいる手をどけようとしたが、力が強くて抗えない。

伸が眼差しを戻した。

「お初、話があるので外へ出ろ。応じるならうなずけ。手を離してやる」

お初は、顎を引いた。

「声を出すなよ」

伸は耳元でささやき、手を離した。

お初は起き上がり、伸を睨む。

伸が外に出ろと顎を振るので、応じて立ち上がった。

「父上の仇！」

沙月が叫んだのは、外に出ようとした時だ。

気配に気付き、襲う隙を待っていた沙月は、お初に続いて外に出ようとしていた伸の背後から斬りかかった。

伸は沙月の刀をかわし、飛びすさって間合いを空けた。

沙月が刀を構え直して迫ろうとした時、伸はきびすを返して、お初がいる勝手口とは別のところから逃げた。

「待て！」

追う沙月。

お初が勝手口から裏庭に出ると、伸は振り向き、何も言わずに走り去った。

「逃がすものか」

外へ出る沙月に続いたお初は、二人で手分けをして捜した。

あたりを走り回ったが、姿はどこにもない。

途中で出会った沙月も、いない、と言って首を振る。

「西に逃げる姿が見えたのに」

そう言って、悔し涙を流した。

このままではいけないと思ったお初は、京橋あたりまで行こうと誘い、二人で向かったのだが、夜が明け、人が出歩きはじめていた京橋で、伸を見つけることはできなかった。

「戸を開けっぱなしの家にわたしたちがいないと五味殿が心配するから、一旦戻って、京橋より西を捜そう」

お初の言葉に沙月はうなずいたのだが、肩越しに向けた目を見開いた。

「宗也さん？」

沙月の言葉にお初は驚き、振り向いた。だが、通りに知った顔はない。

「いないわよ」

「ううん、間違いない。あれは宗也さんだった。そこの四辻《よつつじ》を曲がったわ」

走る沙月に、お初も続く。

店を開けたばかりの菜物屋の角を曲がり、西に向かう道に入ったのだが、宗也を見つけることはできなかった。

沙月は残念そうな声をあげつつも、お初に向ける眼差しは、先ほどよりも明るい。

「宗也さんも、伸たちを追って江戸に来ているに違いないわ。早く帰って、置き手紙をして捜しに戻りましょう」

沙月に手を引かれたお初は、一度通りを振り向き、五味の組屋敷に帰った。着くなり、伸を捜しに出かける書き置きをしている沙月のためにおにぎりを作ろうと思ったお初は、台所に立った。

五味が帰ってきたのは、一つ目をにぎり終えた時だ。

「帰りました」

そう言って勝手口から入り、板の間に座るなり、浮かぬ顔で言う。

「下男はうろ覚えで、あてになりませんな。供の者の顔は覚えていましたので、人相書を作りました。この者に、覚えがあります？」

差し出された紙の顔に覚えがないお初は、沙月を呼んだ。

筆をおいて顔を向けた沙月が、五味が向ける人相書に目を見張った。

「この男よ、仇を取ろうとしたあたしの前に立ちはだかったのは」

お初が訊く。

「知らない顔だけど、誰なの」

「あたしも知らない男よ。伸がどこかで雇ったのかも」

五味がうなった。

「忍びが用心棒を雇うのも、妙な話だなあ。お初殿、どう思います？」

「分からない。でも確かに、伸がよそ者を頼るとは思えない」

するると沙月が、首を横に振る。

「あいつは、人を雇ってまで父上と仲間を殺したのよ。許せない」

「本当に、伸が才三様を殺めたのかしら」

「姉さん、何言っているの。伸はあの場にいたのよ」

「でも先ほどの伸は、どこか、必死そうな声をしていた。何かを言いに来たのだと思う」

「違うなら違うと、あたしに言えばいい。でも逃げた。それが答えよ。あいつは、姉さんを仲間にしようとしているのよ。父上が、いつも姉さんのことを褒めていたから」

「逃げる時に向けた眼差しが、ひどく寂しそうだった。本当に伸が、才三様を殺めたのだろうか」

沙月が目に涙を浮かべた。

「姉さんは、血に染まった刀を持って父上のそばに立っていた伸を見ていないからそう思うのよ。あいつはもう、村の仲間でもなんでもない。黒天狗党などと言っているけど、盗賊の頭に成り下がった極悪人よ」

五味が割って入った。

「ちょっと待った。先ほどから聞いていると、ここに伸が来たようにしか聞こえないのだが？」

お初が鋭い眼差しを向ける。

「来たわ」

五味は慌てた。

「お初殿、怪我は」

「見たら分かるでしょ」

五味は安心したものの、不安そうに言う。

「二人がここにいると、どうして分かったのだろうか」

「沙月がわたしを頼ると察して、信平様の御屋敷を見張っていたとしか思えない。来る時に後をつける者がいないか用心したのに、さすがは伸」

「お初殿、感心している場合ではないですぞ。ここにいると知られたなら、きっとまた来る。同輩の組屋敷に間貸ししている部屋があるので、そちらに移りますか」

するとと沙月が、お初に顔を向けた。

「姉さん、今から宗也さんを捜し出して頼りましょうよ」

「わたしは、宗也を頼ることには同意できない」

「どうして？　あのことがあるから？」

「それは違う。宗也は、伸が才三様を襲う疑いがあるのに、何もしなかった。頼りになるとは思えないからよ」

「あたしはそうは思わない。今は姉さんもいるし、三人が力を合わせれば勝てる。はっきり言って、町方よりずっと頼りになると思う」

「はっきり言いすぎだ」

五味がぼそりと言い、お初を見てはっとした。

お初は、宗也を頼ろうと言う沙月に、なんとも言えぬ顔をしている。

「お初殿？」

声に応じて眼差しを向けたお初が、心配する五味に言う。

「また伸が来れば、わたしが捕らえる。だから、ここにいさせて」

「おれはいつまでいてくれても……」

「ありがとう」

お初は、五味の言葉を切って礼を言い、沙月に顔を向ける。

「伸を捜しに行くわよ」

「でも姉さん、宗也さんを……」

「宗也は頼らない。わたしが必ず捜し出すから」

お初はそう言うと、沙月を連れて伸を捜しに行った。

一人残された五味は、どうにもお初の様子が気になり、いたたまれなくなった。

組屋敷から走り出ると、北町奉行所ではなく、赤坂に急いだ。

七

信平は、今にも泣きそうな顔をしている五味に、かける言葉を探っている。

五味がわが家のごとく中奥御殿に上がるのはいつものことだが、来るなり、息を吸うのも惜しむ様子でお初のことを話し終え、宗也を頼ろうと沙月が言った時のお初の顔が曇ったのが、どうにも気になると言い、もしや、お初殿の想い人ではなかろうか、と、おかめ顔をゆがめたのだ。

黒天狗党のことよりも、お初の気持ちのほうが気になっている様子の五味に、善衛門などは、

「それでも与力か！」

と怒鳴ったのだが、まったく耳に届いていない様子でうなだれている。

善衛門が口をむにむにとやる。

「おい五味、気持ちは分からぬではないが、しっかりせい！」

「気になるものは、気になるのですよ、ご隠居。しっかりしろと言われても、このままではどうにもなりません」

五味は顔を上げ、信平に何か言いたそうな眼差しを向ける。

心中を察した信平は、薄い笑みを浮かべた。

「麿に、何をしてほしいのじゃ」

五味が身を乗り出した。

「このままでは探索に身が入らぬ。お初殿に、宗也を想うているのか訊いてくれぬか」

善衛門が怒りに顔をゆがめる。

「いい加減にせぬか！　自分で訊け、自分で」

五味が、じっとりとした眼差しを向ける。

「できぬから、こうして友を頼っているのですよ」

「あい分かった。麿が訊こう」

真剣に答える信平に、善衛門が怒った。

「殿がすることではござらぬ。それがしにお任せを」

「いや、友のためゆえ、麿が訊いてみよう。鈴蔵、お初と沙月殿を捜して連れてきてくれ」

「承知しました」

控えていた鈴蔵が、立ち去った。

鈴蔵が戻ったのは、暮れ六つを過ぎてからだった。

五味はあの後、探索があると言って奉行所に戻っていたので、信平は一人で、お初と向き合った。

どうして呼ばれたのか、鈴蔵からあらすじを聞いたというお初は、信平が訊く前に口を開いた。

「わたしのことなどで殿に頼る五味殿は、大馬鹿です」

「様子が変だと、気になって仕方ない様子だった。それだけ、そなたのことを……」

「宗也は……」

信平に先を言わせぬよう言葉を被《かぶ》せたお初は、眼差しを下げた。

「あの者は、元許嫁なのです」

信平は、顎を引く。

「さようであったか。誰とも夫婦にならぬのは、そういうわけか」

「いいえ。宗也は関わりありません。人の妻になる気がないだけにございます」

単に独りを好むのか、それとも、胸に秘めた理由があるのか、信平には計り知れないことだ。

「わけを、訊いてもよいか」

遠回しに言うと、お初は首を横に振った。

「ご容赦を」

お初には謎めいたところがある。

信平はうなずき、それ以上は訊かなかった。

お初が言う。

「許嫁のことは、わたしから申します」

「終わったことならば、言わずともよいのではないか。五味も、聞きたくはあるまい」

お初は、微笑んだ。

「殿は、まことにお優しいお方です」

「いや」

「では、宗也の世話になる気がないことだけ、伝えます」

「元許嫁ゆえの、遠慮か」

お初は首を横に振る。

「沙月は兄と慕っているようですが、わたしは違います。伸が才三様を襲う疑いがあるにもかかわらず、放っておいたのが許せないので、頼ろうとは思いませぬ。伸と黒天狗党一味は、わたしが必ず捕らえます」

「そなたの師匠を斬った男だ。無理をせず、何か分かれば麿に報せてくれ」

「ですが……」

罰を受けている最中だと言いかけて、お初はためらった。

信平は、遠慮をするお初を見つめる。

「そなたは麿の家来じゃ。放ってはおけぬ」

「ありがとう存じます」

お初は両手をついて頭を下げ、組屋敷に戻ると言い、部屋から出た。

別室で待たせている沙月のところに行ったのだが、障子を開けてみると、姿が消えていた。

驚いたお初が、庭にいる鈴蔵に訊く。

「沙月はどこ？」

「厠《かわや》に行くと言っていましたが」

「しまった」

慌てるお初に、鈴蔵が驚いた。

「まさか、逃げたと？」

「沙月は焦っているのよ。伸が町奉行所に捕らえられたら、親の仇が取れないと言っていたから」

お初はそう言うと奥御殿の厠に走り、外から声をかけたが返事がない。戸を開けると、中は空だった。

「やっぱり」

お初は顔をしかめ、沙月を追うために、履物を置いている勝手口に急ぐ。

騒ぎを聞いて廊下に出ていた信平が、お初に顔を向けた。

「いかがした」

「沙月がいません。おそらく、宗也を捜しに行ったものかと」

「何ゆえ一人で行く」

「頼ろうとするのをわたしが拒んだので、昼間に少し、言い争いをしたからではないかと」

「伸の目がある。一人で町を歩くのは危ない。鈴蔵、お初と共にゆけ」

「承知」

鈴蔵がお初に顔を向けて顎を引くと、お初は応じて、信平に頭を下げて屋敷から出た。


その頃沙月は、宗也を見かけた町へ向かっていた。

一人になったことを知った伸が襲って来るなら、今はそれでもいいと思っている。刺し違えてでも、仇を討つ。

頼ろうとする宗也も、憎い伸も、京橋より西側にいるはず。

そう思った沙月は、先に宗也と会えることを念じつつ歩みを速めた。

芝口あたりは、町も明るく、人通りが絶えていない。

すれ違う男や、立ち話をしている者にそれとなく目を配り、知った顔がないか探りながら歩いた。

京橋へ向かうために芝口橋を渡っていた時、騒がしい声がしたのでそちらに眼差しを向けた。

堀端の料理屋から出てきた男たちに、派手な化粧をした女たちがからみ、耳にうるさい声で笑っている。

料理屋というのは名ばかりで、男が夜遊びを楽しむ店らしい。

その男たちが、ふいに別れて場を空けた。女をどかせて、侍が出てきたからだ。

沙月は侍を見るなり、咄嗟にしゃがみ、橋の欄干に隠れた。

隠れながらもう一度確かめると、忘れもしない、父の仇だった。村の家にいた侍だ。

侍は、見送った女と別れ、芝口橋のほうへ歩きはじめた。

橋のてっぺんから増上寺側に戻った沙月は、柳の木の陰に身を隠し、渡ってくる侍を睨んだ。

気付かれないよう気配を殺し、一人で歩む侍の後をつける。

行く先に、必ず仲がいるはずだ。

そう思い、夜の町へ出ている人のあいだを縫って歩み、侍から目を離さない。

やがて侍は、四辻を右に曲がり、武家屋敷が並ぶ通りに入った。

大名小路から愛宕権現に向かう小路に入った侍は、辻番の前を通り過ぎた少し先で、武家屋敷の脇門を潜った。

沙月は、辻番の番人から怪しまれぬよう会釈をして通り過ぎ、侍が入った脇門の前で立ち止まった。

屋敷の道筋を頭にたたき込み、お初に報せるべく、赤坂の鷹司邸に向かおうとした時、背後から声をかけられた。

「沙月？」

立ち止まった沙月は、聞き覚えがある声がしたほうへ振り向く。

「宗也さん？」

沙月は、広い江戸で会えたことを神仏に感謝しながら駆け寄る。

月明かりに映える宗也は、笑みを浮かべた。

「やはり沙月か。お前、江戸にいたのか。無事でよかった」

「宗也さんも」

涙を浮かべる沙月に顎を引いた宗也。

「こんなところで何をしている」

宗也の声は、落ち着いていた。

沙月は涙を拭って言う。

「仲と父上を襲った侍を見つけたの」

「何！」

「今、この屋敷に入ったわ」

「やはりそうか」

「宗也さんも、ここを疑っていたの？」

「ああ。才三様を裏切った村の者をこのあたりで見かけたので探っていたのだ。まさか、お前とこうして出会うとはな」

「父上が導いてくれたのよ」

宗也は返事をせず、用心深くあたりを見ている。

沙月もそれにならうと、辻番から番人が出て、こちらを見ている様子だ。

宗也に腕をつかまれ、番人の目が届かない場所に連れて行かれた。

宗也が訊く。

「お前、これまでどうしていた」

「あの日、村から逃げたあたしは、江戸に隠れて暮らしながら、仇を討つにはどうしたらいいか考えていたの。そんな時に、黒天狗党と思える賊が麹町の商家に入ったので……」

「奴らが江戸にいると分かり、捜していたのか」

言葉を切り、苛立ちの声で言う宗也に、沙月は顎を引く。

「伸も、この屋敷にいるはずよ」

「それでお前、今はどこに住んでいるのだ」

「お初姉さんを頼ったのよ」

「お初だと」

宗也は驚き、路地から顔を出した。

沙月が手を引く。

「ここにはいない。今は、お仕えしている方《かた》に呼ばれてお屋敷に戻っているから、報せに行こうと思っていたの」

「お前一人で、伸を捜していたのか」

沙月は首を横に振った。

「今夜は、宗也さんを捜していたのよ」

「おれを」

「ええ」

　宗也は、探るような顔をする。

「おれが江戸にいると、分かっていたのか」

「京橋近くで宗也さんを見かけて、お初さんと一緒に捜していたのだけど見つからなくて」

「そうだったのか。お初も、おれを頼ろうとしてくれたのだな」

　沙月は、お初が宗也を頼る気がないことを黙っていた。

　宗也が訊く。

「仕えていた豊後守が隠居したと聞いたが、今は、どこで何をしている」

　お初の許しがないので自分の口からは言えないと思った沙月は、機転を利かせた。

「わたしを助けてくれることで、お仕えしている御家に迷惑になってはいけないと言って、姉さんが懇意にしている町方与力の組屋敷でお世話になっているのよ」

「町方に……」

「だけど、そこに伸が現れたの」

　宗也の目が、鋭さを増した。

「伸は、何をしに来たのだ」

「姉さんを味方に引き入れようとしているのかも。仇を討とうとしたけど、逃げられたわ。追ったけど見失って、捜している時に、宗也さんを見かけたのよ」

「そうだったのか」

「宗也さんも、伸を追って江戸に来たのでしょう？」

「そうだ。奴だけは許さん」

「宗也さん、わたしに力を貸して。姉さんを呼んでくるから、三人で伸と黒天狗党を倒そうよ」

「お初に報せているあいだに、奴らに逃げられるかもしれん。今からおれと二人で忍び込み、寝首を掻くのはどうだ。才三様の仇は、おれが取らせてやる」

沙月は、武家屋敷の土塀を見上げた。

「不安そうだな。気が乗らぬならここで待っていろ。おれ一人でやる」

宗也はそう言って、裏手に回った。

沙月は後を追い、暗い路地に入る。

「わたしも行く。そうお願いするために、捜していたんだから」

「こっちだ」

宗也は裏の木戸門に行き、沙月を外で待たせると、土塀を越えて中に入った。

程なく、静かに門扉が開けられ、宗也が顔を出した。

「入れ。気を抜くなよ」

沙月は応じて、木戸門から入った。

八

五味の組屋敷に帰ったお初は、誰もいないことに落胆の息を吐いた。

後から入った鈴蔵が、お初に言う。

「もう夜更けだというのに、まだ捜し歩いているようですね」

「心配だから、もう少し捜してみる」

「ではお供します」

お初は鈴蔵を一瞥して、先に外へ出た。

鈴蔵が後に続こうとしたのだが、台所の奥の闇に気配を察した。

「そこにいるのは沙月殿か」

返事がない。

鈴蔵は手裏剣をつかみ、鋭い眼差しを向ける。

闇の気配が動いた。

鈴蔵は無意識に応じて手裏剣を投げたが、火花が散り、影が猛然と迫った。

刀の柄をにぎった鈴蔵であるが、抜刀する前に首を手刀で打たれ、不覚にも、気絶した。

見おろす影は、戸口から投げ打たれたお初の手裏剣を軽々と弾き、斬りかかる刀をかわした。

お初は、かわした影を追って刀を振るう。

だが、手首をつかまれ、ひねり倒された。

お初はすぐさま反撃し、足で相手の足を挟んで倒すや、立ち上がって刀を構えた。

鋭い眼差しを向ける。

「伸、お前か」

暗くて顔が見えないが、組み合った時の感じに覚えがあった。

「変わらず強いな、姉御は」

やはり伸だった。

お初が身構える。

立ち上がった伸は下がり、裏庭に出た。

お初が追って出ると、月明かりの下にいる伸が、険しい顔をしている。

「姉御のその腕、おれに貸してくれ」

「盗っ人に手を貸すものか」

「馬鹿な。沙月は思い違いをしているのだ。信じるな」

仲の言葉に、お初は油断なく訊く。

「お前が才三様を殺したのではないとでも言うのか」

「そうだ。やったのはおれではない。才三様がお呼びだと言われて家に行った時、賊に襲われていたのだ。才三様の顔に突き刺さっていた刀を抜いたおれの前に、その賊が現れた。そこへ、沙月が戻ったのだ」

「都合が良すぎる。にわかには信じられない」

「宗也を捕らえれば分かることだ」

お初は目を見張った。

「宗也、だと」

「才三様を斬らせたのは、宗也だ」

「嘘を言うな」

「嘘ではない。おれはようやく、奴らの居場所を突き止めた。だが一人では勝てない。だから、こうして頼みに来たのだ」

必死に訴える伸が嘘を言っているようには見えない。

「本当なのか」

「ああ。奴は今日、神田の念流道場に押し入り、あるじと師範代らを三人殺した。村の者で奴に従った者は、商家から盗んだ金で吉原《よしわら》遊びに興じ、もはや、ならず者集団に成り下がっている。今日まではそう思っていた」

「真の狙いがあるというのか」

「先ほど居場所を突き止め、分かったことがある。盗んだ金の大半は、愛宕《あたご》下の旗本・真島《ましま》家に渡っているに違いない」

「宗也は、そこに」

「いる。二人で忍び込み、裏切り者を始末しないか。才三様の無念を晴らすため。村の名誉のために、手を貸してくれ」

「その前に沙月を捜さなければ。今もお前を仇と信じて捜している」

言い終えたお初は、はっとした。

「いや、違う。沙月は伸じゃなく、宗也を捜しているかもしれない」

伸が目を見張った。

「宗也と会ったのか」

「伸が初めてここに来た夜に見かけただけだ。その時は見失ったが、沙月は、町方より宗也を頼りたいと言っていたから、もしかすると」

「宗也を捜している時に、ばったり会った」

「そうかもしれない」

「となると……」

「宗也にとって、沙月は邪魔なだけ」

お初の言葉に、伸は顔をゆがめた。

「おのれ、宗也め！」

感情をあらわにするのは、今でも沙月を想っている証。

お初は、狼狽する伸の肩をつかんだ。

「行くわよ」

「手を貸してくれるのか」

「沙月が心配だから急いで」

伸はうなずき、裏の木戸へ向かった。

戸に手を伸ばすのと、外から押し開けられるのが同時だった。

沙月が帰ってきたのかと期待していると、戸口から出たのはおかめ顔だ。

帰ってきた五味が伸と鉢合わせになり、ぎょっとした。

「貴様、誰だ！」

咄嗟に紫房の十手を構えた五味は、伸を取り押さえようと前に出る。

「待って、わたしの知り合いだから」

お初の声に、五味が丸くした目を向けた。

「お初殿の？」

「そう、わたしの」

お初が言うと、五味は、不安そうな顔を伸に向けた。

「それじゃこの人は、宗也殿……」

伸だと言い、詳しく教えている暇はない。

そう思ったお初は、戸口に立っている五味に歩み寄る。

「詳しい話は後でするから。そこをどいて」

「黒天狗党の探索ならば、お供をしますぞ」

「悪いけど、町方のあなたが行けるところではない」

「ならば、これで」

五味は羽織を脱いで十手を巻き、盆栽棚に置いて外に出ようとしたので、お初は腕をつかんで引き寄せた。

「うっ」

振り向きざまに腹の急所を突かれた五味が、呻いて顔をゆがめる。

苦しんで倒れる五味を受け止めたお初が、耳に顔を近づけた。

「許して」

板塀にもたれかけて座らせたお初は、伸を促して外へ出た。

腹の激痛で気を失いかけている五味は、霞む視界の中で、目の前に立つ影に眼差しを上げた。

「与力のくせに、情けない」

力の抜けた身体を起こし、背中をさすったのは鈴蔵だ。

「り、鈴蔵殿、おれはいいから、お初殿を、なんだか、様子が変だ」

「好いた女のことはよくお分かりのようで」

「た、頼む」

「言われなくても行きますがね、寝ている場合ではありませんよ」

「く、苦しい。息ができない」

「お初殿の当身《あてみ》技《わざ》は強烈のようですね」

鈴蔵は、苦しむ五味の背中に活を入れた。

大きな息をした五味が、楽になったと言うので、鈴蔵は手を引いて立たせ、襟を整えてやりながら言う。

「黒幕は、愛宕下の旗本、真島備前守《びぜんのかみ》です。殿に報せてください」

「しかし信平殿は、遠慮の身では……」

「夜は外出できます。急いで」

「よ、よし、分かった」

鈴蔵はきびすを返して、お初を追った。

一つ大きな息を吸って吐いた五味は、信平に報せるべく、ふらふらと外に出た。

九

忍び刀を足がかりに土塀の上に飛んだ伸が、お初に場を空ける。

伸の刀を使って飛んだお初が土塀に上がり、暗い庭の気配を探ると、音もなく着地した。

広い庭を走り、御殿の壁に取りつく。休む間もなく移動し、廊下に忍び込むと、部屋を一つずつ探った。

真夜中の今、下働きの者たちはそれぞれの長屋に引き上げている。奥御殿には腰元らが眠り、誰も起きていないようだった。

お初と伸は表御殿に渡り、家中の者に気付かれることなく捜したのだが、沙月はおろか、宗也たち黒天狗党の姿はなかった。

一旦庭に出たお初が、伸に疑いの眼差しを向ける。

「本当に、ここなの」

「間違いないはずなのだが……。まさか、すでに殺されたのでは」

不安そうな声で言う伸に、お初は怒りを覚えた。

「あきらめるな。家来の長屋にいるかもしれない」

「こうなったら見つかってもいい。片っぱしから捜そう」

二人は庭を走り、広い敷地の裏手に行くと、長屋に向かう。

お初が伸を止め、月明かりに照らされた瓦屋根を示す。

「あそこに蔵が五つある。閉じ込めるなら長屋よりそっちだろう」

「よし、調べよう」

伸が先に立ち、蔵に向かった。

後に続くお初は庭に目を配り、人影や気配がないか探ったが、何も感じない。

一つ目の蔵に取りつき、伸が錠前を外しにかかった。

お初は、あたりの警戒を続ける。

金具が外れる音がした。

伸が錠前を取り、漆喰《しっくい》の戸を開けて網戸から中をのぞく。

暗くて見えないので開けて入ると、戸口からの月明かりで金箔《きんぱく》の家紋が入った箱が見えた。土塀と埃《ほこり》の匂いがする中、漆塗りの箱が整然と並ぶだけで人気はない。

「誰もいない」

「次だ」

戸を閉めて二つ目に行ったが、そこは屏風《びょうぶ》や箱があるだけで、沙月の姿はなかった。

次は塩と米蔵。四つ目は、初めと同じ木箱が並ぶだけだ。

残るは一つ。

お初と伸は、一度あたりを警戒し、奥の蔵にとりかかる。

錠前を外し、重い戸を開けた時、中からする匂いが、これまでとは違っていた。

「血の匂いだ」

伸が言うまでもなく分かっていたお初は、網戸を開けて先に入った。

微《かす》かだが、身じろぎをする音がした。

「沙月、いるの？」

暗闇に向かって声をかける。

すると、沙月の声がした。

「姉さん、逃げて！」

「沙月！」

助けに行こうとした時、

「動けば殺す！」

暗闇から声がしたので足を止めた。

火が灯され、暗闇から浮かんできたのは、身体を縛られた沙月と、喉に白刃を当てている黒装束の男だ。

沙月を見たお初は、目を見張った。

激しい拷問で顔は青黒く腫れ、流れた鼻血で、色白の喉から胸元にかけて、赤黒く染まっている。

「おのれ！　よくも！」

伸が叫び、抜刀したが、男が沙月に刃物を押し付ける。

「動くなと言ったはずだ。武器を捨てろ！」

「くっ」

歯を食いしばる伸を、お初が引きとめた。

「言うとおりにして」

お初は、小太刀を外に投げ捨てた。

伸も刀を庭に捨てると、男が言う。

「手裏剣もだ。すべて捨てろ」

「分かった」

二人は手裏剣を床に置く。

「外に出ろ」

言われたとおりに出たお初は、囲まれていることに気付いた。

すぐに松明が灯され、才三を裏切った村の者十数人が現れた。中には、侍の姿もある。

伸とお初は侍に両腕をつかまれ、建物の軒先に連れて行かれると、柱に縛り付けられて動きを封じられた。

「伸、よく来たな！」

お初が声に顔を向ける。すると、手下を分けて宗也が現れた。黒の着物に袴を着け、大刀を帯びた姿は、村にいた頃のお初が知る宗也ではない。

「これで邪魔者が揃った。まとめて始末してやる」

言った宗也が、お初に眼差しを向けてほくそ笑み、伸に言う。

「お前がこのあたりを探っていたことに、気付かないとでも思うたか。沙月がよう、ご丁寧にお前がお初を味方にしようとしていると教えてくれたので、餌にしてみたぜ。まんまと、かかりやがった」

せせら笑う宗也を、お初が睨む。

「どうして才三様を殺した」

「一度は夫婦の約束をしたおれと久しぶりに会ったのだ。もう少し色気のあることを言えぬのか」

「訊いたことに答えろ！」

「ふん、相変わらず固い女だ。公儀が欲しがるのも分かる。おれが才三を斬ったのは、伊賀の山奥で朽ち果てるのを待つのはごめんだからだ」

お初が言う。

「時の支配者に翻弄され、多くの者を失い続けた暗い過去を繰り返さぬため、誰の下にもつかず、外に出ぬというのが村の掟ではないか」

「そういうお前はどうなのだ。村を捨てたではないか」

「捨てたのではない」

「いいや、捨てた。阿部豊後守《あべぶんごのかみ》に仕えたのは、村の暮らしに嫌気がさしていたからであろう」

「思い違いをするな」伸が口を挟んだ。「姉御が村を出たのは、才三様が、大恩ある阿部様に頼まれたからだ。我らの村があるのは、阿部様と、阿部様に仕えてくれた姉御のおかげなのだぞ」

「何がおかげなものか。いい迷惑だ。先々代が外に出ぬと定めたことを頑《かたく》なに守るせいで、我らは、いつ役に立つとも分からぬ技を磨き、つまらぬ日々を強いられた。同じ伊賀者でも、江戸城で働く伊賀者とは大違いだ。早々と村を出たお初、お前には、このおれの気持ちは分かるまい」

「先人と才三様が望まれたのは、村人の安寧だ」

「我らは伊賀者だ。安寧など、性に合わぬ」

お初は、自分勝手なことばかりを並べる宗也に腹が立った。

ずだ」

「気に入らなければ、黙って出ていけばよかったではないか。殺さなくてもすんだは

「出ていこうとしたさ。だが、才三が許さなかった。おれが村を出れば何をしでかすか分からぬと申して、弟子をよこして連れ戻しやがった。だから殺したのだ」

「お前は沙月に、伸が好き勝手に暮らすことを願っていると言ったそうだが、あれは、お前の気持ちだったのか」

「伸を才三殺しの下手人に仕立てるための嘘さ。沙月は信じるはずもなく、才三と伸の耳に入れぬと分かっていたので、そこを利用した。まんまと策にはまり、伸を父の仇と思うてくれたまでは良かったが、伸を殺しそこねたことと、村から逃げた沙月がお前を頼ったことは誤算だった。正直驚いているが、こうなってみると、おれの策は良かったということだ。こうして、お前に会えた」

動けぬお初の目の前に歩み寄り、顔を見つめる。

「相変わらず、美しいな。お前が阿部豊後守などに仕えなければ、今頃は、おれの妻として幸せになっていた。どうだ、今から妻になるなら、命を助けてやるぞ」

「笑わせるな。そのような身なりをして、侍になったつもりか」

憫笑を向けるお初の態度に腹を立てた宗也が、左の頰を平手打ちした。

顔をしかめるお初の頬を片手でつかみ、憎々しく言う。

「田舎者だと馬鹿にするな！」

顔をそむけて宗也の手から離れたお初が、また憫笑を向けて言う。

「お前がどうあがこうと、侍にはなれぬ。今やっていることは盗賊、いや、それ以下の蛮行《ばんこう》だ。同じ村の者だと思いたくもない」

「黙れ！」

ふたたび左の頬を平手打ちされた。

お初は鼻先で笑う。

「お前のような奴の妻にならなくてよかった。教えてやろう。才三様は、お前の性根を見抜き、一度決めた縁談を反故《ほご》にするために、わたしを村から出してくださったのだ」

「黙れ。黙れ黙れ！」

宗也はお初の腹を殴り、顔を殴った。

口の端から血を垂らしたお初が、鋭い眼差しを向け、唾を吐きかけた。

目をつむった宗也が、怒りを押し殺した息を吐き、身動きができないお初の胸に顔を押し付けて、吐きかけられた唾を拭った。

「残念だ」

言うやきびすを返して離れ、抜刀して振り向く。

切っ先を喉元に突き付け、

「お前から殺す」

血走った目を見開き、大上段に振り上げた。

お初があえて己に気を引かせたのは、伸が自力で縄を切るのを待つためだ。

期待どおりに縄を切った伸が、刀を振り上げた宗也の隙を突き、隠し持っていた手裏剣を投げた。

だが、宗也は見抜いていた。

刀で手裏剣を斬り飛ばし、伸をめがけて己の手裏剣を投げ打つ。

腕を貫かれた伸が、迫る宗也に蹴り飛ばされた。

倒れた伸に、

「そこでお初の最期を見ていろ!」

言うや、お初に向かう。

刀を振り上げて迫る宗也は、頭上から投げられた別の手裏剣に気付いて弾き飛ばした。

「何奴」

新手に驚いて軒先から離れ、ふたたび投げ打たれた手裏剣をかわして屋根を見た宗也は、長屋から裏門に続く路地の暗がりに凄まじい剣気を感じて、鋭い眼差しを向けた。

かがり火の明かりが届くところに出てきたのは、白い狩衣をつけた信平だ。

信平は現れるなり、沙月に刀を突き付けている男に小柄を投げた。

目を貫かれた男が呻き、刀を捨ててのたうち回った。

「やれ！　あの者を斬れ！」

叫ぶ宗也に応じた黒装束の忍びたちが、信平に迫る。

斬りかかった一人目が空振りし、信平に背中を峰打ちされて倒れた。

隙を突いて背後から斬りかかった二人目が、目の前で消えた信平の、振り向きざまの一閃で腹を打たれ、呻いてうずくまる。

そのあいだに屋根から飛び降りた鈴蔵が、沙月を助けた。

一方では、長屋の角から現れた五味がお初に駆け寄り、無事で良かったと言って、顔をくしゃくしゃにして喜んだ。

「いいから、早く縄を解いて」

言われて慌てた五味が、脇差で縄を切り、倒れそうになったお初を抱きとめた。

「わたしは、大丈夫だから」

力なく言うお初を抱いて下がった五味は、刀ではなく、得意とする棒術で戦うためにあたりを探し、長屋の戸口に立てかけてあった竹竿《たけざお》をにぎるや、迫り来る敵の腹を突き、頭を打って倒した。

信平たちに手下の半数を倒されたことで焦った宗也は、ためらうばかりで動こうとしない真島に怒鳴った。

「貴様何をしている。家来にあの者を斬らせろ！」

「しかし、あのお方はまずい」

「黙れ！」

「ぐああ！」

宗也は、近くでした呻き声に顔を向けた。

手下を打ち倒した信平が、宗也に迫る。

二人の剣客が、宗也を守って信平に立ちはだかった。

右手に狐丸を下げて対峙する信平の横に、伸と沙月、そしてお初と五味が来た。

沙月が、剣客の一人を指さす。

「お前、あの時の」

仲が続いて言う。

「宗也と共に才三様を襲い、仲間を殺したのはこの者だ」

剣客が、仲を睨む。

「あの時は逃がしたが、今宵は斬る」

言うなり猛然と迫り、斬りかかった。

仲は鉄の手甲をつけた腕を交差させて受け止め、剣客が刀を振り上げて打ち下ろす切っ先をかわし、手甲で額を打った。

鉄の手甲で打たれた剣客は額を割られ、鮮血を流してひるむ。そのこめかみに回し蹴りを食らった剣客は、気絶して仰向けに倒れた。

もう一人の剣客は信平に斬りかかったものの、狐丸で弾き返され、その凄まじい剣気に押されて下がった。

宗也が真島に叫ぶ。

「斬れ！」

だが、真島は拒んだ。

「このお方は、将軍家縁者の鷹司信平殿だ。刃を向けることはせぬ」

宗也が真島に怒りの顔を向けた。

「貴様、妻子を殺されたいのか！」

真島が苦渋の顔を向ける先には、宗也の手下に刃物を突き付けられている妻と、幼い息子がいる。

苦渋の顔を信平に向けた真島は、その場で両膝を突く。

「信平様。それがしは悪事に手を染めておりませぬ。忍び込んだこの者どもに妻子を人質に取られ、今日まで言いなりになるしかなかったのです。屋敷を乗っ取られ、悪事の隠《かく》れ蓑《みの》にされたは、この真島備前の不覚にござる」

脇差を抜いて切腹しようとした真島に、用人がやめるよう叫んだ。

止めるのも聞かず、覚悟を決めた様子の真島に、信平が扇《おうぎ》を投げつける。

額に当たり、驚いた顔を向ける真島に言う。

「早まってはなりませぬ」

止めた信平が、妻子を見るよう促す。

刃物を突き付けている者は、背後のかがり火から影が差したので振り向き、大男に目を見張った。

現れたのは、信平に命じられて、敵の背後に回っていた佐吉だ。

ひるんだ一瞬の隙に、佐吉に喉をつかまれた手下は、苦しみながらも刀を振るおうとした。

佐吉はその手首をつかんで封じ、手下を片手で持ち上げる。

息ができない手下は、白目をむいて気絶した。

これを見た真島の用人が、家来に顎を引く。

応じた家来が抜刀し、そばにいた宗也の手下を斬った。

これで一人になった宗也は、邪魔をした信平を睨んだ。

「おのれ信平！」

逆恨みをして斬りかかる宗也の一撃を、信平は狐丸で受け流す。

一閃された刃を返す刀で信平が受け止めると、宗也は、左手に隠していた棒手裏剣で喉を突いてきた。

百戦錬磨の信平は、身体を横に転じて紙一重でかわした。

突いた勢い余ってつんのめる宗也の背後で、狩衣の袖が華麗に舞う。

背中を狐丸で峰打ちされた宗也は、地面にたたきつけられ、呻き声をあげた。

「ここでやられてたまるか」

歯を食いしばり、這《は》って逃げようとする宗也の前に、倒れている手下の刀をつかんだ沙月が行く。

見上げる宗也に、沙月は、涙を浮かべた怒りの眼差しを向ける。

「父上の仇！」

叫ぶや、刀を突き刺そうとしたのだが、お初が後ろから抱きついて引き戻した。

「離して！」

止めたお初に、宗也が苦しそうに笑う。

「元許嫁ゆえ、命を助けるのか」

無言の怒りを向けたお初は、沙月を押し放して宗也のところに行くと、顔に拳を突き下ろした。

怒りの一撃で気絶した宗也を見おろしたお初は、沙月に顔を向けた。

「才三様を殺されて憎いのは分かる。分かるけど、こんなくず男の血で、沙月の手を汚してほしくない」

「姉さん……」

涙を流す沙月を、お初は抱き寄せた。

「憎い仇は、五味殿が、法で裁いてくれるから」

抱きついて泣きじゃくる沙月を優しく慰めるお初と目が合った五味が、必ず、という顔で顎を引き、真島備前守と家臣たちの手を借りて、賊どもを捕らえた。

見届けていた信平に、佐吉が歩み寄る。

「殿、急ぎませぬと夜が明けます」

「そうであった」

明るくなりはじめた東の空を見上げた信平は、狩衣の袖を振るってきびすを返し、赤坂に引き上げた。

十

五味に捕らえられた宗也と黒天狗党一味は、道場主や師範代らを斬殺したことと、数万両に及ぶ大金を盗んだ罪で裁かれ、日を空けず獄門に処されることになる。

そのことを報せに、信平の屋敷を訪ねた五味は、茶菓を出してくれたお初の顔に青あざがあるのを見て、痛々しそうにする。

「お初殿、いい軟膏《なんこう》を手に入れてきましたぞ。塗ってさし上げますからここに座ってください」

蛤《はまぐり》の入れ物を取り出す五味に、お初はちらと目を向け、腫れている顔を見せぬようにした。

「後でいい」

「ではのちほど、お初殿の部屋でしっぽりと」

「またそのような戯言《ざれごと》を。殺されたいのか」

何を言われても動じない五味は、お初の手を取り、蛤の入れ物をにぎらせて笑みを浮かべた。

善衛門が咳ばらいをしたので、お初は五味から手を引き、離れて座る。

善衛門がじろりと目を光らせる。

「五味、殿が願われたことはどうなったのだ」

「おお、そうでしたそうでした」

信平に膝を転じた五味が、得意げな顔で言う。

「真島殿のおかげで黒天狗党を捕らえたことにする話は、うまくお奉行に伝えたので安心してくれ」

「では、御家が潰れることはないのだな」

「むしろ、お奉行から感状が出されよう」

五味の言葉に、信平は顎を引いた。

人のことを気にする信平に、五味は心配そうな顔をする。

「それよりも、信平殿はどうなる」

「麿のことはよい。さらなるお咎めを覚悟の上でしたことじゃ」

「人が良すぎるな。まあ、それでこそ信平殿なのだが」

五味は笑ったが、善衛門は苦い顔をしている。

五味が真顔になり、善衛門に訊く。

「厳しいのですか」

「こたびばかりは、どうなるか分からん。公儀の耳に入っているはずじゃが、何も沙汰がないのが不気味じゃ」

お初が裏庭に顔を向け、そこにいる者に顎を引き、信平に向く。

「殿、二人がごあいさつをしたいと願っています」

信平が眼差しを向けて顎を引く。

お初に促された伸と沙月が旅装束で現れ、揃って頭を下げた。

五味が二人に訊く。

「村に帰るのか」

沙月が笑顔を向けた。

「はい。五味様も、お世話になりました」

「いやいや。またいつでも組屋敷に来てくれ。お初殿と待っているからな」

「おい」

怒るお初に、沙月が笑う。

「姉さん、なんだか嬉しそう」

「沙月、怒るよ」

お初に睨まれて、沙月は口を閉じた。

その横で、伸が言う。

「姉御、一度村に帰ってくれ。元のようにはならぬかもしれないが、おれと沙月で力を合わせて、守っていくから」

「ええ。楽しみにしている」

うなずいた伸が、ふたたび信平に頭を下げ、沙月と村に帰っていった。

五味も帰ると言い、見送りに出たお初を追っていく。

信平は善衛門と二人居間に残り、これからのことを話していた。

表御殿から来た頼母が、真顔で告げる。

「御目付役の堂本殿がまいられました」

善衛門が片膝を立てた。

「ついに来たか。殿、落ち着かれませ。こういう時は、でんと構えるのですぞ。よろしいですな、殿」

頼母が善衛門に顔を向ける。

「善衛門殿こそ、落ち着かれませ」

「落ち着いておれるか」

大声をあげる善衛門に笑みを向けた信平は、表御殿に行き、書院の間に入った。

待っていたのは堂本一人だ。

あいさつもそこそこに、

「沙汰をお伝えいたす」

と言うので、信平は堂本に上座を譲り、替わって上座に立つ堂本が取り出した、下、と記された書状に平伏した。

堂本が、鋭い眼差しで告げる。

「これをもって、鷹司松平信平殿の、遠慮の罰を解く。上様がお待ちである。直ちに登城されよ」

「承りました」

襖の奥で歓喜の声があがったが、堂本は眉一つ動かさず、信平を見ている。

「急がれよ」

同道すると言うので、信平は支度を整え、登城した。

茶坊主の案内で黒書院に入った信平。

程なく現れた将軍家綱《いえつな》は、平伏する信平に顔を上げさせた。

「信平、久しいのう」

「おそれいり、たてまつります」

「徳川のため、江戸の民の安寧のため、より一層励んでくれ」

あえて、官位と黒天狗党のことに触れぬのは、家綱の真心であろう。

何もなかったことにする。

信平は、そう言われた気がした。

家綱が先に言葉を発して収めたことで、そばに付いていた稲葉老中は、何も言えない様子だ。

涼しい眼差しをまっすぐ向けて、信平を見ようともしない。

家綱が、そんな稲葉に眼差しを向けた。

「美濃、何かあらば申せ」

「何もございませぬ」

家綱が顎を引き、穏やかな顔を信平に向けた。

「下がってよい」

「はは」

信平は頭を下げたまま下段の間から退《しりぞ》き、待っていた茶坊主に従って、控えの間に向かった。

廊下を歩んでいる時、前方から板倉内膳重矩が来た。

十一月には老中に返り咲く、と舅殿がおっしゃっていたが、正式に決まったのだろうか。

信平はそう思いながら、庭側に寄って頭を下げ、場を譲る。

板倉は、信平の前で足を止めた。

「信平殿、京では世話になった。礼を申す」

頭を下げられた信平は、罰が解かれたのは板倉のおかげと察して、眼差しを向けた。

板倉は、ここでは何も言うな、という目顔で、小さくかぶりを振る。

信平は従い、ふたたび頭を下げた。

「一つ、耳に入れておかねばならぬことがある」

板倉はそう言うと、耳元に顔を近づけた。

「京を追放された今出原親子が、江戸に向かったという報せが入った」

驚く信平に、板倉が厳しい顔で言う。

「くれぐれも、油断せぬように」

「承知しました」

「近いうちに、また会おう」

「はは」

黒書院に向かう板倉と別れた信平は、本丸御殿からくだり、大手門前で待っていた佐吉たち家来と家路についた。

赤坂の屋敷に帰ると、留守をしていた善衛門が式台に現れた。

「殿、大ごとでござる」

血相を変えているので、今出原親子がさっそく仕掛けてきたかと思い、心配した。

「いかがした」

善衛門が片膝をつき、見上げて告げる。

「領地の岩神《いわかみ》村から火急の報せが届きました。領内の田んぼに毒が流され、稲がすべて、枯れたとのことにござる」

善衛門は悔しげに、唇を震わせている。

油断せぬように、と告げた時の板倉の顔が脳裏に浮かんだ信平は、善衛門に険しい眼差しを向けた。

「民を苦しめる者は、麿が許さぬ」

解説

細谷正充（文芸評論家）

多数の文庫書き下ろし時代小説シリーズを抱え、大活躍をしている佐々木裕一だが、その代表作は松平信平《まつだいらのぶひら》を主人公にしたシリーズといっていいだろう。ただこのシリーズ、ちょっとした経緯を経て現在に至っているので、作者の経歴を述べながら、その点について触れておこう。

佐々木裕一は、一九六七年、広島県に生まれる。メーカー勤務の傍ら小説を執筆し、二〇〇三年、架空戦記『ネオ・ワールドウォー 山本五十六《いそろく》の決断』を経済界より刊行し、作家デビューを果たした。以後、架空戦記作家として活躍するが、かねてより時代劇が好きだったこともあり、二〇一〇年、『浪人若さま新見左近《にいみさこん》 闇の剣』をコスミック出版より上梓《じょうし》し、時代小説に転じる。二〇一一年には、二見時代小説文庫から『公家武者 松平信平 狐のちょうちん』を刊行。人気を獲得すると、すぐにシリーズ化されたのである。

このシリーズは、公家から武士になった鷹司《たかつかさ》（松平）信平が悪を斬る、痛快時代エンターテインメントだ。公家・鷹司信房《のぶふさ》の四男の信平。庶子であるため門跡寺院に入るしかなかったが、坊主になるのを嫌い、十五の時に江戸に出た。徳川三代将軍・家光の正室になっていた姉の孝子を頼ってのことである。家光より五十石の禄高と、深川に土地と屋敷を与えられた信平。貧乏旗本として、新たな暮らしを始める。

さらに、紀州藩主・徳川頼宣《よりのぶ》の愛娘の松姫《まつひめ》と、目出度く夫婦になったふたりだが、千石の旗本になるまでは一緒に暮らしてはならないと頼宣にいわれてしまった。複雑な立場にある信平は、なにかと騒動にかかわることが多く、その渦中で剣を振るい悪を倒す。京にいたとき、道謙《どうけん》という師に厳しく鍛えられた信平は、鳳凰の舞という秘剣を使う剣豪であったのだ。やがて禄高も千石を突破し、松姫と一緒に暮らすようになった信平。福千代《ふくちよ》という一子を得る。頼もしい仲間も増えた。

といった調子で進展していた「公家武者 松平信平」シリーズは、幕府転覆を企む神宮路翔《じんぐうじしょう》を倒した、第十六弾『暁の火花』で、一旦、完結する。しかし、すぐさま「公家武者 信平」シリーズとして、セカンド・シーズンが開幕した。出版社を講談社に変更し、二〇一七年十月、『公家武者 信平 消えた狐丸』が刊行されたのである。

物語は『暁の火花』の三年後から始まる。神宮路に攫《さら》われた過去を忘れられない松姫が魘《うな》されることもあるが、幸せな日々を過ごしている信平一家。しかし剣客を狙う辻斬りが出没すると知り、持ち前の正義感が甦《よみがえ》る。かくして信平は、愛刀の狐丸《きつねまる》を手に、再び悪党を退治するのだ。そして第二弾『逃げた名馬』のラストで、さらに加増を受けた信平は、高家《こうけ》となる。将軍・家光からは、自分の代わりに宮中へ参内《さんだい》するよう頼まれた。

これを受けて本書の第一話「比叡山《ひえいざん》の鬼」では、信平が上洛する。ところが京の都では、新たな騒動が起きていた。公家の朝姫《あさひめ》が、何者かに攫われたのだ。しかも陰陽師《おんみょうじ》・加茂光行《かものみつゆき》の孫娘の光音《みつね》の予知によりいち早く事態を知り、これを防ごうとした道謙が斬られ、重傷を負った。道謙より朝姫救出を依頼された信平は、光音の予知に従い、比叡山へ向かう。だが、公家らしき正体不明の一団も、朝姫を捜しているようだ。朝姫を攫った綾辻将仁《あやつじまさひと》と会い、意外な事実を知った信平。互いに想い合う、朝姫と将仁のために、真の敵に立ち向かうのだった。

本書の前半は京都篇である。あの道謙が斬られるというショッキングな冒頭から、ストーリーはノンストップ。朝姫誘拐を発端にして、邪悪な公家の父娘、野望を抱く陰陽師、丹波の鬼と呼ばれる凄腕兄弟と、悪の一団が浮かび上がる。朝姫と将仁の想いを知り、悪党どもに立ち向かう、信平と仲間たちの姿が痛快だ。霊元《れいげん》天皇まで出てくる、話のスケールも魅力的であった。

しかし驚いたことに、この事件は第二話「魔の手」で解決する。長篇一冊分のネタになる内容を、さっくりと纏《まと》めているのだ。でも、このスピーディーな展開が、かえってストーリーを色濃いものにしている。一気読みの面白さとは、このようなものであろう。

そして、第三話「藤沢宿の嵐」は、帰路の藤沢宿で起きた騒動が、興趣豊かに描かれる。第四話「黒天狗党《くろてんぐとう》」は、江戸に戻って早々の信平が、讒言《ざんげん》によって遠慮を命じられる。愚者の妬心が原因だ。心配して様子を見にきた義父の頼宣によって、大名になるよう発破をかけられた信平は、これを実現することを宣言する。なお余談になるが、信平の孫の代になって、松平家は大名になった。

話を戻そう。信平の件とは別に、新たな騒動が持ち上がっていた。信平の家来をしている訳ありの〝くのいち〟のお初《はつ》のもとを、妹分の沙月《さつき》が訪ねてきたのだ。聞けば伊賀の村で、沙月の父親でお初に忍びの技を仕込んだ才三《さいぞう》が殺されたとのこと。手を下したのは、沙月と夫婦になるはずの伸《しん》だという。しかも伸は仲間たちと共に江戸に出て、黒天狗党と名乗る凶賊になったらしい。疑問を覚えながらお初は、黒天狗党を追う。

長期シリーズのいいところは、積み重ねた物語によって、脇役にも思い入れのできることだ。本作ではお初がメインになり、彼女の存在があらためてクローズアップされる。お初に惚れている、北町奉行所与力の五味正三《ごみしようぞう》が、ちょっとだけ彼女に認められるなど、愛読者ならニヤッとしてしまう描写もあり。こうした話があることで、シリーズの厚みが生まれるのである。

それにしてもだ。本シリーズは、どうしてこんなにも面白いのだろう。考えに考えて思いついたのだが、きっと三種類の〝オ〟の人の心を、がっちり摑んでいるからだ。すなわち、オヤジ・オトメ・オタクである。

オヤジに関しては、いうまでもない。若い頃は時代小説に関心のなかった男性も、なぜかオヤジになると読むようになる。このような人は大勢いる。疲れた日常の憂さ晴らし。現代では困難になった、理想的な家族に対する憧れ……。いろいろな理由によって、オヤジは文庫書き下ろし時代小説を手に取る。痛快な勧善懲悪と、夫婦や家族の愛情を兼ね備えた本シリーズは、そうしたオヤジの琴線に触れる内容になっているのだ。

次にオトメである。イケメンの信平と、松姫の純愛が、乙女心を刺激する。公家の出ということもあり、白馬の王子様のようである。乙女の求めるヒーローが、ここにいるのだ。

その傍証として、コミカライズを挙げておこう。二〇一四年に、南部ワタリの絵で『公家武者 松平信平』のコミックが、白泉社から刊行された。「花とゆめ」「LaLa」などで知られる、少女漫画中心の出版社だ。本シリーズに乙女受けの要素があることは、このコミカライズが証明しているのである。

そしてオタクだ。本シリーズは、オタク心を擽《くすぐ》る部分がたくさんある。たとえば主人公が実在の人物である点。公家から旗本になるような人物が本当にいたのかと、オタク心を刺激される。また、秘剣・鳳凰の舞もいい。自分もオタクなので、必殺技が出てくると、ワクワクせずにはいられない。

「信平はその場で身体を回転させ、左の隠し刀と狐丸で兄弟の刃を受け流し、突っ込んできた鷹寅《たかとら》の後ろ首を狐丸で払い、峰打ちに倒した」

といったチャンバラ・シーンに興奮してしまうのだ。その他にも、いろいろあるのだが、贅言《ぜいげん》を費やすことは止めよう。オタクを満足させる要素も、あちこちに鏤《ちりば》められているのである。

このように本シリーズは、多方面にアピールする力がある。「公家武者 松平信平」シリーズと本シリーズを併せ、現時点で十九冊。これほどの長期シリーズになった理由は、そこに求めることができるのではなかろうか。

ところでインターネットの「講談社BOOK倶楽部」内にある、佐々木裕一「公家武者 信平」特設サイトに、「著者からのメッセージ」が掲げられている。そこで作者は、

「読者の皆様には、外を歩けば事件や面倒ごとに巻き込まれる信平ファミリーの喜怒哀楽と、嫡子福千代の成長を見守っていただきながら、おおいに楽しんでいただけることを願いつつ、これからも精進してまいります」

といっている。作者も本シリーズを続けることに、意欲を燃やしているようだ。嬉しいことである。

だから、見守りますよ。大いに楽しみますよ。そしていつか成長した福千代が、信平と一緒になって悪党退治をする日がくることを期待している。父子鷹のチャンバラとか、恰好いいじゃないかと、妄想を炸裂させながら、続刊を待っているのだ。ここ

までシリーズに付き合えば、彼らの人生を見届けずにはいられないのである。

本書は講談社文庫のために書下ろされました。

|著者|佐々木裕一　1967年広島県生まれ、広島県在住。2010年に時代小説デビュー。「公家武者　信平」シリーズ、「浪人若さま新見左近」シリーズのほか、「若返り同心　如月源十郎」シリーズ、「あきんど百譚」シリーズ、「佐之介ぶらり道中」シリーズ、「若旦那隠密」シリーズなど、痛快かつ人情味あふれるエンタテインメント時代小説を次々に発表している人気時代作家。本作は公家武者・松平信平を主人公とする、講談社文庫からの新シリーズ、第3弾。

比叡山《ひえいざん》の鬼《おに》　公家武者《くげむしゃ》　信平《のぶひら》㈢

佐々木裕一《ささきゆういち》

講談社文庫

定価はカバーに
表示してあります

2018年6月14日第1刷発行

発行者――渡瀬昌彦
発行所――株式会社　講談社
東京都文京区音羽2-12-21　〒112-8001
電話　出版（03）5395-3510
　　　販売（03）5395-5817
　　　業務（03）5395-3615

Printed in Japan

デザイン―菊地信義
本文データ制作―講談社デジタル製作
印刷――中央精版印刷株式会社
製本――中央精版印刷株式会社

ISBN978-4-06-511828-3

講談社文庫刊行の辞

二十一世紀の到来を目睫に望みながら、われわれはいま、人類史上かつて例を見ない巨大な転換期をむかえようとしている。

世界も、日本も、激動の予兆に対する期待とおののきを内に蔵して、未知の時代に歩み入ろうとしている。このときにあたり、創業の人野間清治の「ナショナル・エデュケイター」への志を現代に甦らせようと意図して、われわれはここに古今の文芸作品はいうまでもなく、ひろく人文・社会・自然の諸科学から東西の名著を網羅する、新しい綜合文庫の発刊を決意した。

激動の転換期はまた断絶の時代である。われわれは戦後二十五年間の出版文化のありかたへの深い反省をこめて、この断絶の時代にあえて人間的な持続を求めようとする。いたずらに浮薄な商業主義のあだ花を追い求めることなく、長期にわたって良書に生命をあたえようとつとめるところにしか、今後の出版文化の真の繁栄はあり得ないと信じるからである。

同時にわれわれはこの綜合文庫の刊行を通じて、人文・社会・自然の諸科学が、結局人間の学にほかならないことを立証しようと願っている。かつて知識とは、「汝自身を知る」ことにつきていた。現代社会の瑣末な情報の氾濫のなかから、力強い知識の源泉を掘り起し、技術文明のただなかに、生きた人間の姿を復活させること。それこそわれわれの切なる希求である。

われわれは権威に盲従せず、俗流に媚びることなく、渾然一体となって日本の「草の根」をかたちづくる若く新しい世代の人々に、心をこめてこの新しい綜合文庫をおくり届けたい。それは知識の泉であるとともに感受性のふるさとであり、もっとも有機的に組織され、社会に開かれた万人のための大学をめざしている。大方の支援と協力を衷心より切望してやまない。

一九七一年七月

野間省一